COLLECTION FOLIO

Jean Anouilh

La sauvage

SUIVI DE

L'invitation au château

La Table Ronde

La sauvage

PERSONNAGES

THÉRÈSE

FLORENT

HARTMAN

GOSTA

M. TARDE

Mme TARDE

JEANNETTE

MARIE

Mme BAZIN

LA VENDEUSE

LA PETITE ARPÈTE

LA FEMME DE CHARGE

LA FILLE DE CUISINE

M. LEBONZE

LE GARÇON

PREMIER ACTE

Une salle de café de ville d'eaux. Décor médiocre et prétentieux. La scène est presque entièrement occupée par l'estrade de l'orchestre. D'un côté la porte de l'office, que les garçons poussent du pied, les bras chargés de leur plateau.

Trois tables en scène. La première, près de l'estrade, sert aux musiciens; elle est couverte de musique, de boîtes d'instruments; les deux autres sont vides; l'une d'elles a ses chaises renversées pour marquer qu'elle est retenue.

Le reste de la salle est invisible. Au mur un système de glaces qui multiplie l'orchestre et donne la profondeur du café.

L'orchestre se compose du pianiste : Gosta; du contrebassiste : M. Tarde; de la violoncelliste : Mme Tarde; des premier et second violons : Thérèse et Jeannette.

Quand le rideau se lève, l'orchestre est en train d'achever un morceau très brillant. Le garçon écoute près de l'estrade; à la fin du morceau quelqu'un appelle le garçon au fond. Il se précipite, essuyant une table au passage.

LE GARÇON

Voilà, Monsieur!

> *Les musiciens posent leurs instruments. Quelques bravos vite morts.*

JEANNETTE, *jetant un coup d'œil à la table vide à côté de l'estrade.*

Il est en retard aujourd'hui.

THÉRÈSE, *posant son violon.*

Il m'avait prévenue. Il est allé chercher son impresario au train de dix heures et demie...

JEANNETTE

Tu n'as pas peur qu'il ne revienne pas, quelquefois?

THÉRÈSE

Il y a des soirs où j'ai peur.

JEANNETTE

Parce que, tu sais, à moi aussi on me l'a promis, le mariage. Le tout est d'arriver jusqu'à Monsieur le maire...

THÉRÈSE

Je suis déjà si heureuse, que si on n'arrivait pas jusque-là...

JEANNETTE

Attention... Attention... N'aie jamais l'air de croire que tu peux n'être que sa maîtresse. Et puis, quand vous sortez ensemble, tiens-toi, ma petite. Car il y a une chose qu'il ne faut pas que tu oublies : c'est que dans ta position on n'est jamais assez distinguée.

> *Thérèse éclate de rire.*

JEANNETTE *continue, imperturbable.*

Pour le reste, laisse faire. Ne lui en parle pas tout le temps. Non, ça les agace. Mais par exemple, parle des à-côtés, de ton trousseau, des meubles...

THÉRÈSE *rit encore.*

Tu penses que je vais l'ennuyer avec ça!

JEANNETTE

C'est indispensable, ma petite... Toutes celles qui sont passées par là te le diront. La grande Louise, elle, elle avait un autre truc quand elle a réussi à se faire prendre par son ingénieur du gaz. Tu sais ce qu'elle faisait? Elle caressait la tête des gosses dans la rue en soupirant qu'elle en voudrait bien un pareil... Lui qui adorait les enfants, il en pleurait dans sa moustache. Elle l'a eu de cette façon. Ça n'empêche rien. Après elle a refusé d'en avoir.

THÉRÈSE *rit encore.*

Ecoute, Jeannette, tu perds ton temps. Pour moi je t'assure que ce n'est pas du tout le même problème. S'il veut m'épouser, tant mieux! S'il ne le veut pas...

M. TARDE *passe avec la musique et reprend le dernier morceau.*

Allons, allons, faisons vite. Il est minuit. Nous allons jouer le finale.

*Il accroche une pancarte n° 12 et écrit le titre
à la craie sur une grande ardoise.*

GOSTA *a regardé l'heure. Il va à Thérèse.*

Il est minuit, Thérèse.

THÉRÈSE, *sans comprendre.*

Oui.

GOSTA *lui donne quelque chose.*

Tiens. Ne le montre pas.

THÉRÈSE

Qu'est-ce que c'est?

GOSTA

Regarde.

THÉRÈSE *défait le paquet, étonnée.*

Un flacon de parfum?

GOSTA

Oui.

THÉRÈSE

Mais... pourquoi?

GOSTA

Tu as vingt ans ce soir, Thérèse. Il n'y a que moi qui
me le rappelle ici...

THÉRÈSE *balbutie.*

J'ai vingt ans, justement ce soir?

GOSTA, *souriant.*

Demain, mais il est minuit.

THÉRÈSE

Oh! Tu es gentil, Gosta! Justement ce soir, tu sais...
Je voulais te dire...

TARDE *s'est approché. Il les interrompt.*

Gosta, où as-tu mis ta partition du finale? Impossible de la retrouver... Vite, Monsieur Lebonze vient
d'arriver.

Il l'entraîne.

JEANNETTE

Qu'est-ce que c'est?

THÉRÈSE

Un flacon de parfum. Il est gentil... Je n'ai pas encore
osé lui dire. C'est pourtant moi qui devrais lui parler.

JEANNETTE

Mais puisque ton père a dit qu'il s'en chargeait.

THÉRÈSE

Il va s'y prendre si bêtement.

JEANNETTE

Qu'est-ce que tu veux, tout le monde n'est pas forcé
d'avoir deviné. Il ne l'a dit à personne qu'il était amoureux de toi!

THÉRÈSE

Non, le pauvre.

JEANNETTE

Et ta mère, qu'est-ce qu'elle dit?

THÉRÈSE

Oh! ma mère, tu sais, pour le garder, elle ferait n'importe quoi... J'ai peur de me retourner. Ils lui parlent?

JEANNETTE, *qui a jeté un coup d'œil.*

Non, ils se concertent. Gosta est au fond, il cherche sa musique.

THÉRÈSE

Oh! J'aime mieux ne pas être là.

Elle crie à M. Tarde :

Papa, je sors une minute.

Elle lui fait signe d'approcher.

Tu lui dis?

TARDE

C'est mon devoir! Ne reste pas trop longtemps, le patron est dans la salle.

Il revient vers sa femme tandis que Thérèse sort.

Se douterait-il de quelque chose, il a l'œil mauvais?

Mme TARDE

Non. Il ne se doute de rien encore. Mais il faut le mettre au courant avant que Monsieur Florent vienne chercher Thérèse. Il serait capable de faire un esclandre.

TARDE

A l'orchestre?

Mme TARDE

Bien sûr.

TARDE

Cela ne se serait jamais vu.

Mme TARDE

Justement. Sois prudent. Si on attendait d'avoir joué
le morceau?

TARDE

Non... Je préfère lui dire et donner aussitôt le signal
d'attaquer. C'est la « Marche de Tannhäuser », il passera
ça sur le clavier. J'y vais.

Il fait un pas vers Gosta, revient.

Il était de bonne humeur au dîner?

Mme TARDE

Pas très.

TARDE

Ah!

Il se redresse.

Après tout, je ne sais vraiment pas pourquoi nous
aurions peur de lui annoncer cela! Qui est le maître ici?

Mme TARDE

Je ne sais pas.

TARDE

Comment, tu ne sais pas? Qui est ton mari, le directeur de cet orchestre, le père de Thérèse?

Mme TARDE

En principe, toi.

TARDE

Comment, « en principe »? Je serai ferme.

Mme TARDE

Fais comme tu veux, mais s'il te donne un mauvais
coup, ne t'étonne pas.

TARDE

Un mauvais coup!... Un mauvais coup! Mais il faut
être logique, sapristi! Est-ce que nous avons à le consul-
ter pour marier notre fille? A quel titre?

Mme TARDE

Aucun. Mais cela peut ne pas l'empêcher de t'assommer.

TARDE

M'assommer... M'assommer... Il exagère à la fin, ce
garçon. Voilà treize ans que je ferme les yeux sur sa
liaison avec toi. Qu'est-ce qu'il veut à présent?

Mme TARDE

Tu sais comme moi qu'il tient à la petite.

TARDE

Toute la famille, alors? Je suis dans mon droit. Rien ne me fera reculer.

Mme TARDE

Méfie-toi.

TARDE

Je te dis que je suis dans mon droit.

Mme TARDE

Oui, mais tu sais comme il est violent; méfie-toi quand même.

TARDE

Alors ça ne sert plus à rien d'être dans son droit maintenant?

GOSTA, *qui est revenu du fond.*

J'ai la partition. On commence?

TARDE *soupire.*

On va commencer.

Il revient à Mme Tarde.

Combien a-t-il bu d'apéritifs?

Mme TARDE

Un seul.

TARDE

Bon.

Il va résolument à Gosta.

Alors, vous l'avez retrouvée cette « Marche de Tann-häuser » ?

GOSTA

Oui.

TARDE *toussote, puis se met à ranger nerveusement les partitions sur les pupitres.*

Vous avez lu dans les journaux cette affaire Sisnéros ?

GOSTA

Oui.

TARDE

Douze morts ! C'est épouvantable !

   Mme Tarde tousse et lui pousse le coude.

Ah oui ! Au fait ! On vous a dit pour la petite ?

GOSTA *lève la tête.*

Pour la petite ? On ne m'a rien dit.

TARDE, *à Mme Tarde.*

Tu ne lui as pas dit ?

Mme TARDE

Non.

TARDE

Mais il fallait lui dire, que diable ! Explique-le-lui donc, toi. Je vais chercher Thérèse. Je vois Monsieur Lebonze qui s'impatiente.

Mme TARDE *le retient*.

Non. Reste!

GOSTA *s'est levé inquiet, il va vers eux.*

Qu'est-ce que vous vouliez me dire au sujet de la petite?

TARDE

Hé bien, voilà... Hum!...

Mme TARDE

Oh! rien de grave, tu sais...

GOSTA *les regarde.*

Vous allez mentir tous les deux.

A Mme Tarde.

Toi, tu as ta bouche de travers comme lorsque tu sens des coups dans l'air.

Mme TARDE

Tu es fou, qu'est-ce que tu racontes?

TARDE *rit jaune.*

Il est fou, complètement fou. Des coups dans l'air! Quels coups dans l'air? Je me demande un peu.

GOSTA

Qu'est-ce que vous lui voulez à la petite?

TARDE *affirme bêtement.*

Mais rien, rien du tout.

Il devient grave.

Si, quelque chose, je l'oubliais : son bien! Vous savez, le célèbre maître France... le compositeur... celui qui a donné un récital le mois dernier au Casino...

GOSTA

Oui. Hé bien?...

Mme TARDE

Ce monsieur brun qui est venu ici plusieurs fois et qui a parlé à Thérèse, c'est lui...

GOSTA

Elle le connaît?

TARDE

Oui. Dans les villes d'eaux, on se lie vite...

Mme TARDE

Il est très gentil, tu sais, Gosta...

TARDE

Et puis il n'y a pas à sortir de là, c'est un maître, un maître universellement admiré...

GOSTA

Qu'est-ce que vous allez me dire? Je n'aime pas quand vous faites cette tête-là tous les deux. Nous en étions à Florent France. Parlez.

TARDE, *qui recule.*

Gros talent.

GOSTA

Je sais.

TARDE

C'est un de ces hommes qui nous ont fait notre réputation à l'étranger.

GOSTA *le prend par la cravate.*

Mais vas-tu parler, enfin!

TARDE, *reculant.*

Pas de gestes à l'orchestre, Gosta, pas de gestes à l'orchestre!

Mme TARDE, *pendue au bras de Gosta.*

C'est le bonheur de la petite, Gosta. Il faut l'assurer avant tout... Il va l'épouser, tu comprends, il va l'épouser, c'est inespéré!...

GOSTA *la repousse, sans lâcher Tarde.*

Ah! Je m'en doutais! Lâche-moi, toi. Il y a assez longtemps que vous essayez de la vendre à quelqu'un, il fallait que cela réussisse un jour ou l'autre... Tu dois toucher quelque chose, toi, là-dessus, hein?

Il le secóue.

TARDE

Mais vous êtes fou, Gosta, à l'orchestre!... Si Monsieur Lebonze arrivait...

GOSTA

Je lui dirais quelle fripouille tu es et je te flanquerais
la rossée que tu mérites devant lui.

TARDE *essaie de se redresser.*

Mais c'est insensé! Après tout, qui est le maître ici?

Mme TARDE

Elle l'aime, Gosta, celui-là, je te le jure!...

GOSTA

C'est une gosse! vous lui avez fait miroiter l'argent
qu'elle pourrait avoir, un argent dont elle n'a même pas
envie, parce qu'elle vaut mieux que vous... Et c'est toi,
vieux débris...

TARDE *secoué.*

Qui est le maître, ici?

JEANNETTE *a couru appeler à la porte du vestiaire.*

Thérèse! Thérèse! vite!

GOSTA, *qui tient Tarde à bout de bras.*

Vieille loque... Je voudrais t'écraser par terre, comme
un ver... C'est cela, essaie d'être digne. Arrange ta
cravate.

TARDE *pleurnichant.*

Mais enfin, sacrebleu, qui est le maître ici?

THÉRÈSE *est revenue en courant.*

Veux-tu le lâcher, Gosta! Tu ne sais pas ce que tu dis. Personne ne m'a forcée à l'épouser. Je l'aime.

GOSTA *a lâché Tarde, il la regarde.*

Pourquoi ne me l'as-tu pas dit?

THÉRÈSE

Je ne te l'ai pas dit parce que...

Elle s'arrête, gênée.

Je ne sais pas pourquoi je ne te l'ai pas dit.

M. LEBONZE *fait irruption, sa serviette sous le bras.*

Alors, c'est pour aujourd'hui ou pour demain ce finale?

TARDE

Pardon, Monsieur Lebonze. Tout de suite. Gosta, à ta place!

Il glapit soudain, ridicule et prétentieux.

Le travail avant tout! Le travail avant tout!

GOSTA, *immobile, pâle, les poings serrés.*

Tu vas te taire?

TARDE, *plus doucement sous son regard.*

Le travail avant tout. Je ne dis rien de mal.

THÉRÈSE, *doucement.*

Va au piano, s'il te plaît, Gosta. Je t'expliquerai.

Gosta se détourne brusquement et va au piano.

M. LEBONZE

Mais ma parole, vous commencez à en prendre à votre aise, tous!...

TARDE

Nous attaquons, Monsieur Lebonze, nous attaquons! Vous y êtes? Une, deux, trois...

Attaque du morceau.

M. LEBONZE

Ce n'est pas trop tôt! Et tâchez que cela ne se renouvelle pas, ces petites histoires-là.

> *Il s'éloigne majestueusement, après avoir rangé une chaise et donné en passant un coup de chiffon sur une table. Les répliques suivantes sont échangées, rapides, pendant le morceau, sans cesser de jouer.*

Mme TARDE

Tu vois, idiot, tu vois, tu n'as pas su t'y prendre...

TARDE

Pas su m'y prendre? Mais si, je n'ai rien pris.

Il pouffe, puis sévère.

S'il recommence, je sévis.

Musique.

Mme TARDE *soupire.*

Pourvu qu'il ne me quitte pas. Tu ne crois pas qu'il va me quitter?

TARDE

Ah ça!... J'ai fermé les yeux pendant treize ans, mais s'il ne veut plus me bafouer, tu ne penses pas que je vais le retenir?

Mme TARDE

Tu es un lâche!

TARDE

Tu me l'as déjà dit!

Mme TARDE

Je te méprise, tu entends, je te méprise!

TARDE

Tu ferais mieux de jouer en mesure!... Rendez-vous au point d'orgue!

Mme TARDE

Lâche! Lâche!

TARDE

Et les dièses, c'est pour demain?

Mme TARDE

Cocu! vieux cocu!

TARDE

A qui la faute?

Soudain souriant.

Attention, le voilà.

*Florent est entré avec Hartman. Tarde salue sur
sa contrebasse.*

Maître...

*Mme Tarde minaude. Thérèse a un petit sourire,
mais ne bouge pas. Hartman et Florent se sont
assis l'un près de l'autre sur la banquette. Ils
regardent l'orchestre.*

FLORENT

Hé bien, Hartman?

HARTMAN

Ce n'est pas la blonde...

FLORENT *a un petit rire.*

Non. Bien sûr.

> *Un silence.*

HARTMAN

Le père, c'est le bonhomme à la contrebasse? Il est
inouï!...

FLORENT

Et la mère au violoncelle.

HARTMAN, *après les avoir considérés en souriant.*

Vous êtes un garçon extraordinaire, Florent, d'épouser cette petite malgré ces deux personnages. Cette petite
qui ne l'exigeait pas, je présume?

FLORENT

Elle est ma maîtresse.

HARTMAN

Vous l'aimez?

FLORENT, *riant.*

Cela me paraît une bonne explication.

HARTMAN *met ses grosses lunettes d'écaille
et regarde attentivement Thérèse.*

Elle est jolie, bien sûr, mais... Je suis un peu votre
vieux mentor, Florent. Vous êtes sûr que ce n'est pas
une bêtise?

FLORENT

Sûr! Moi qui ne suis sûr de rien, j'ai pour la première fois une certitude absolue. Quelle chose merveilleuse!...

HARTMAN

Et votre travail?

FLORENT

Vous avez bien fait de venir me chercher. Depuis
un mois, bien entendu, je ne fais rien.

HARTMAN

Si. Vous perdez beaucoup d'argent. J'ai déjà payé
pour soixante mille francs de dédits.

FLORENT

· Et si je vous disais que je n'ai pas touché une seule
fois mon piano?

HARTMAN

Diable!

*Il regarde encore Thérèse derrière ses grosses
lunettes d'écaille.*

Elle est très jolie, bien sûr.

FLORENT, *doucement.*

Je l'aime, Hartman.

HARTMAN

Je commence à le croire.

Il écoute un instant, fait la grimace.

En tout cas, elle joue terriblement mal du violon.

FLORENT *sourit.*

C'est vrai. Mais cela m'est égal. Je ne l'emmène pas
pour la faire jouer du violon... Je l'emmène pour être
heureux, toute ma vie, avec elle.

HARTMAN

C'est vrai?

FLORENT

Vous dites exactement les mots que je prononce tous
les matins en m'éveillant : c'est vrai? Et je me réponds
bien vite : c'est vrai.

HARTMAN, *souriant.*

Et c'est vrai?

FLORENT

Je ne serais pas capable de me mentir tous les matins.

HARTMAN *soupire après un silence.*

Mon Dieu, qu'elle joue mal...

FLORENT

Elle joue mal, Hartman, mais elle m'aime bien...

HARTMAN

Elle vous le dit?

FLORENT

Jamais. Mais quand nous sommes seuls, elle se frotte la tête contre moi comme une petite chèvre. Elle me regarde — tout au fond des yeux comme elle dit... Elle prétend qu'avec moi il n'y a pas besoin d'être très bonne plongeuse... qu'on atteint tout de suite le fond. C'est vrai, Hartman?

HARTMAN, *après avoir regardé Thérèse un moment.*

Quelle chance que celle que vous aimez soit évidente et claire comme vous, Florent...

FLORENT

Pourquoi?

HARTMAN

Pour rien, ce serait trop long et trop difficile de vous répondre... D'ailleurs je me suis promis de ne jamais vous parler de cela. Il ne faut pas qu'un doute vous effleure.

Vous êtes charmant, Florent, et vous la rendrez sûrement heureuse...

FLORENT

Hartman, je vous somme de parler! Vous me cachez
quelque chose. Je sens que vous allez m'apprendre que
je suis un monstre sans m'en douter.

HARTMAN *sourit.*

Peut-être.

FLORENT

J'ai un vice que j'ignore? Dites tout, Hartman, j'ai
le droit de savoir... je suis à la veille de me marier!

HARTMAN

Une sorte de vice, oui.

FLORENT

Son nom?

HARTMAN

Il en a plusieurs : la clarté, l'intelligence, la facilité,
la chance aussi...

FLORENT *éclate de rire.*

Hé bien, mais tout cela me paraît charmant!...

HARTMAN

C'est charmant. Mais je tremblais que vous aimiez
un jour une fille soupçonneuse, exigeante, tourmentée.
Quel bonheur qu'elle soit aussi claire que vous!...

*M. et Mme Tarde en jouant font des mines à
Florent.*

Les parents sont magnifiques. Le reste de l'orchestre
n'a pas l'air mal non plus. Qu'est-ce que cela lui a fait
ce contact?

FLORENT

Ce que tout fait avec elle : un miracle. Cela aurait pu
lui donner de la crapulerie, cela ne l'a parée que de
force, de franchise, d'une sorte de virilité. De sa liberté,
des amants qu'elle a eus avant moi, elle a fait cette
pureté sans masque ni retenue. Vous verrez, elle vous
étonnera.

HARTMAN *le regarde parler avec volubilité,
il sourit.*

Elle commence à m'étonner à travers vous...

FLORENT

La pauvreté aurait pu la rendre mesquine ou avide,
elle ne lui a donné que le détachement du luxe. Hartman! elle n'a jamais voulu que je lui donne de l'argent
pour s'acheter quelque chose. Elle qui coud ses robes
elle-même et se met de la mauvaise poudre, elle ne veut
même pas que je lui fasse un cadeau. Elle est pauvre
comme un petit rat. Vous la verrez tout à l'heure, mais
il ne faudra pas rire, elle se confectionne elle-même
d'incroyables petits chapeaux.

HARTMAN

Mais, si vous l'épousez, elle va se laisser nourrir et
habiller tout de même?

FLORENT *sourit.*

Je l'espère. Je n'en suis pas très sûr. Hier pour la première fois elle a accepté de l'argent pour acheter des valises. Mais il a fallu que je me fâche... Elle serait bien venue avec ses deux robes dans un carton. Cela doit vous plaire?

HARTMAN *le regarde avec un bon sourire maintenant.*

Allons, je lui pardonne ses fausses notes...

Il soupire.

Dire que vous aurez tout réussi, Florent, même votre amour...

FLORENT

J'ai de la chance.

HARTMAN

Presque trop.

FLORENT

On n'a jamais trop de chance.

HARTMAN

Quelquefois.

Le morceau est terminé. Thérèse descend vite de l'estrade et court à Florent qui se lève et va à sa rencontre.

THÉRÈSE

Comme vous êtes venu tard aujourd'hui!

FLORENT

Bonsoir, ma petite sauvage.

THÉRÈSE *montre le café en riant.*

Vous avez entendu ces pauvres bravos. Et les voilà qui se sauvent tous. Cela ne vous arrive pas, à vous.

FLORENT *rit avec elle.*

Ces gens-là n'aiment pas la musique.

Il la tient devant lui par les épaules.

Allons vite, l'interrogatoire. Vous avez pensé à moi aujourd'hui?

THÉRÈSE

Tout le temps.

FLORENT

Vous n'avez pas dit à d'autres que vous m'aimiez?

THÉRÈSE

Si, à mon amie. Je n'ai pas pu me retenir.

FLORENT

Thérèse!... Et jamais à moi.

THÉRÈSE, *à son oreille.*

A toi je ne veux jamais le dire. Mais si je ne le disais pas de temps en temps aux autres, cela m'étoufferait.

FLORENT

Et pas d'arrière-pensée?

THÉRÈSE

Toutes des pensées de devant. Dans mes yeux, sur mes lèvres.

>*Elle les tend un peu, il demande doucement*

FLORENT

Devant eux?

THÉRÈSE

C'est personne, eux!

>*Il se penche, elle le repousse; elle a un coup d'œil à Gosta.*

Non, pas tout de suite.

FLORENT

Pourquoi?

THÉRÈSE

Je vous dirai.

>*Gosta est descendu de l'estrade; il a pris son chapeau, il est passé devant eux, sans un mot, sans un regard, il est sorti. Florent prend par le bras Thérèse — qui regarde Gosta sortir — et l'amène à Hartman.*

FLORENT

Je vous présente Hartman. Ce n'est que mon ami, mais quand nous nous rencontrons avec des hommes d'affaires, il fait semblant d'être mon impresario parce qu'il est beaucoup plus fort que moi.

THÉRÈSE

Il me regarde avec des yeux terribles. Il ne va peut-
être pas m'aimer?

FLORENT

Si. J'en suis sûr. Mais il m'a dit qu'il avait peur que
j'aime une fille soupçonneuse, exigeante, dure... En ce
moment, il se demande si vous êtes tout cela. Hé bien,
le résultat de l'examen, Hartman?

HARTMAN

Dix-neuf. Elle est reçue avec mention.

FLORENT

Vous êtes songeur. J'ai menti?

HARTMAN *a pris la main de Thérèse.*

Vous ne mentez jamais, Florent. Thérèse est parfaite.
Thérèse est la seule fille au monde qui vous méritait.
Mais ces yeux-là sont bien brillants, ce petit front bien
bombé pour tant de facilité. Il faudra l'aimer fort.

THÉRÈSE *retire sa main de celle d'Hartman.*

Pourquoi dites-vous cela?

FLORENT

Il me trouve un monstre. Il me croit incapable de
rendre quelqu'un heureux.

THÉRÈSE

Il ne vous connaît sûrement pas.

FLORENT

Si, depuis longtemps. C'est ce qui est grave.

THÉRÈSE

Pas comme moi.

A Hartman.

Moi, je l'ai regardé dormir près de moi; je l'ai écouté rêver tout haut en se retournant. Hé bien, même dans son royaume de la nuit, je suis sûre de lui.

HARTMAN

Et de vous, vous êtes sûre?

THÉRÈSE, *comme une enfant interrogée.*

Oui, Monsieur.

HARTMAN

Vous croyez qu'il ne vous fera jamais mal?

THÉRÈSE

Il est la bonté même.

HARTMAN

Et cela ne vous fait pas peur de rencontrer la bonté même, l'intelligence, la joie mêmes? Vous êtes courageuse.

THÉRÈSE, *soudain troublée.*

Pourquoi me dites-vous cela?

FLORENT

Hartman est un vieux radoteur. Il ne faudra jamais l'écouter, Thérèse.

> *M. et Mme Tarde, qui, avec force clins d'yeux, étaient restés sur l'estrade à ranger les instruments, se sont rapprochés, obséquieux, se frottant les mains.*

Mme TARDE

Bonjour, Monsieur Florent. Alors, c'est demain matin que vous allez me prendre ma petite?

FLORENT

Oui, Madame.

Mme TARDE

Le vilain, le vilain!

TARDE

Voyez comme la vie est bizarre... Je ne suis qu'un pauvre homme, maître, et pourtant je vous donne un trésor...

Mme TARDE

Un trésor chéri qu'il est dur de perdre allez!

M. LEBONZE *entre en criant.*

Mais certainement, certainement, cher Monsieur : tout ce que vous voudrez!

> *Bas à Tarde.*

Le client du fond vient de commander deux nouvelles bouteilles, dont une pour l'orchestre. Ne remballez rien. Je vais lui demander ce qu'il veut qu'on lui joue.

Il sort.

JEANNETTE *s'assoit de mauvaise humeur.*

Ça c'est un coup de deux heures du matin!

TARDE, *qui déballe sa musique, très excité.*

Oui, mais du champagne!...

JEANNETTE

Oh! on la connaît! on lui comptera du brut et on nous servira du mousseux.

M. LEBONZE *réapparaît.*

Contrordre. Vous pouvez tous partir, sauf Gosta. Il ne veut plus d'orchestre, seulement du piano. Il veut qu'on lui joue le Clair de Lune de « Werther » au piano. Il pleure. Il dit que ça lui fera penser à sa femme.

TARDE

C'est que, justement, Gosta... Nous avons eu une petite dispute... Je crois qu'il est déjà parti...

M. LEBONZE

Est-ce que vous vous fichez de moi? J'avais dit que personne ne bouge!

Au garçon.

Cours me le chercher, toi. Il doit être monté dans sa chambre.

LE GARÇON

Bien, Monsieur Lebonze! Mais si vous vouliez aller le calmer, le client... Il dit que si on ne lui joue pas tout de suite le Clair de Lune de « Werther » au piano, il va autre part se le faire jouer... Il dit qu'il ne peut plus attendre.

M. LEBONZE, *s'en allant, congestionné.*

Bon Dieu! Je vous jure que si Gosta n'est pas là dans cinq minutes, je vous flanque tous dehors demain matin.

TARDE *tombe, assis.*

C'est la catastrophe! J'ai honte devant vous, maître, d'une telle désorganisation de cet orchestre. Nous avons eu des félicitations partout. Mais c'est un emporté, un brutal. Il s'est mis en colère.

Le garçon rentre en même temps que M. Lebonze.

M. LEBONZE

Alors?

LE GARÇON

C'est fermé chez lui, on ne répond pas.

THÉRÈSE, *à Florent.*

Il n'y a que moi qui peux le décider. Une minute. Viens, Jeannette...

Elles sortent.

M. LEBONZE

C'est bon! Moi, je n'ai pas de temps à perdre en sup-
plications. Prends ma voiture et ramène-moi le pianiste
du Royal.

A Tarde.

Quant à vous, vous pouvez plier bagage. J'aurai un
autre orchestre demain.

TARDE

Monsieur Lebonze, Monsieur Lebonze, je suis père
de famille!...

M. LEBONZE

Je m'en fous!

FLORENT *s'avance.*

Ecoutez, je crois que je peux arranger cela. Je vais lui
jouer le morceau qu'il demande...

M. LEBONZE

Vous savez jouer seulement?

FLORENT

Oui, un peu.

A Tarde.

Est-ce que vous avez la musique du Clair de Lune de
« Werther »?

M. LEBONZE *maugrée.*

Bou!... Cela se prétend un pianiste et cela ne connaît
pas le Clair de Lune de « Werther » par cœur!... C'est
bon, jouez, puisqu'il n'y en a pas d'autre.

A Tarde.

Mais si le client n'est pas content, vous pouvez emballer vos pupitres.

Il sort.

TARDE

Oh! maître... Je ne sais comment vous remercier... daigner, dans cet établissement... à mon orchestre...

Mme TARDE, *qui est allée chercher la musique.*

Tenez, Monsieur Florent, la partition... Oh! vous pouvez vous vanter d'être gentil, vous!...

HARTMAN, *qui monte avec Florent sur l'estrade jette à Tarde en passant.*

D'habitude, mon vieux, c'est vingt mille francs.

TARDE, *écroulé.*

Vingt mille francs!... A mon orchestre.

THÉRÈSE *revient avec Jeannette.*

Il n'est pas chez lui. Le plongeur dit qu'il l'a vu partir vers la plage. Mais qui est-ce qui joue?

TARDE *se redresse.*

Le maître Florent France, à mon orchestre.

THÉRÈSE

Mais tu es fou, papa!... Tu l'as laissé...

TARDE

Il a insisté, et tu sais combien cela me coûte ce remplacement... Enfin combien cela pourrait me coûter vingt mille francs.

THÉRÈSE

Oh! j'ai honte... j'ai honte...

TARDE

Ah ça, mais pourquoi?

THÉRÈSE

Pour cet homme saoul, dans ce café... Tu aurais dû
l'empêcher...

TARDE

Tu es une sotte. Je vais voir si Monsieur Lebonze est
content.

Il sort se frottant les mains.

THÉRÈSE *regarde jouer Florent un moment.*
Elle murmure.

Florent... C'est drôle de le voir jouer là...

Un temps, elle rêve.

Au fond, j'aurais bien voulu qu'il fasse partie de
l'orchestre et que je me sois mise à l'aimer en jouant à
côté de lui...

JEANNETTE, *qui range son violon dans sa boîte.*

Tu veux rire?

THÉRÈSE

Non... Oh! je sais bien que je peux arriver à ne plus
penser à son argent... Mais ce n'est pas toujours très
facile...

JEANNETTE *ricane dans son coin*

Pauvre chou, va!

THÉRÈSE

S'il était pauvre et malheureux, c'est drôle, il me semble qu'il serait davantage à moi... Ce serait un peu comme s'il était redevenu petit. Je pourrais le prendre contre moi, lui caresser doucement la tête, lui dire « ne sois pas triste, moi, je suis là, moi je t'aiderai... »

JEANNETTE *qui a mis son chapeau puis sa boîte à violon sous le bras.*

Des malheureux, tu en trouveras d'autres, ne t'inquiète pas. En attendant profite de celui-là puisque tu le tiens.

Elle va à Thérèse, l'embrasse.

Au revoir, Thérèse. J'espère qu'on se reverra tout de même demain. Mais un conseil, entre nous. Fais-toi acheter des diamants, tous les diamants que tu pourras, ma petite. C'est encore ce qui se revend le mieux.

THÉRÈSE

Pourquoi me dis-tu cela?

JEANNETTE, *sortant.*

Pour rien, pour rien. Bonne chance tout de même.

Mme TARDE

Qu'est-ce qu'elle était en train de te raconter? Méfie-toi d'elle, c'est une traînée. Et surtout ne sors jamais avec elle et Florent. Elle serait capable de te le soulever.

THÉRÈSE *hausse les épaules.*

C'est idiot ce que tu dis.

Mme TARDE

Ah! ma petite, tu ne connais pas les hommes. Quand une femme qui sait s'y prendre s'offre à eux...

Thérèse hausse les épaules.

Mme TARDE *continue, lorgnant Florent.*

Surtout un délicieux garçon comme lui. Quel joli geste, hein, d'avoir voulu jouer? C'est un ange... Comme tu vas être heureuse, gâtée, comblée.

Elle soupire.

Ah! c'est un homme comme cela que j'aurais voulu, moi! J'ai beaucoup de déceptions avec Gosta, tu sais... Quand tu ne vas plus être là, qui sait s'il ne va pas me quitter? Enfin, ton bonheur avant tout.

Elle soupire, s'approche.

Laisse-moi t'embrasser, tiens! Nous n'aurons peut-être plus l'occasion d'être seules. Tu es ma petite fille, après tout. C'est le soir d'un mariage que cela se sent, ces choses-là.

THÉRÈSE *se dégage un peu.*

D'abord, ce n'est pas encore un mariage... Ensuite, tu sais que les accès de tendresse étaient plutôt rares entre nous...

Mme TARDE

C'est justement; ce soir, tout s'est amassé. Cela déborde! Ma petite... ma petite...

THÉRÈSE *la repousse.*

Non, pas de comédie.

Mme TARDE

Comme tu es dure. Les mères pourtant, tu devrais
le savoir, ont le cœur tendre. Et puis, un tel soir... Il
y a des recommandations qu'elles doivent faire.

> Elle prend une mine de circonstance.

Sois bien douce, laisse-toi faire, n'aie pas peur.

THÉRÈSE

Allons. Allons. Tu sais bien que je ne suis pas une
petite fille... Cesse d'être ridicule. Je t'en prie.

Mme TARDE *la fait taire, affolée.*

Tu ne lui as pas dit au moins?

THÉRÈSE

Tu penses bien que si.

Mme TARDE, *furieuse.*

Oh! Et s'il ne voulait plus de toi, idiote!

THÉRÈSE *sourit.*

Enfin, voilà un mot de toi!

Mme TARDE

C'est une affaire inespérée! Je ne te cache pas que je
n'aurais pas cru qu'il t'épouserait. Embrasse-moi.

THÉRÈSE

Encore! mais où veux-tu en venir?

Mme TARDE

Avec ces relations qu'il a, il faut qu'il te fasse une situation de premier plan. Ne renonce pas à ton art : dans un an, tu dois être une vedette.

THÉRÈSE, *doucement.*

Je crois qu'il trouve que je joue mal.

Mme TARDE

Cela ne fait rien, cela ne fait rien. Il te fera travailler. Ou bien, il peut te faire faire du théâtre. J'ai toujours dit que tu avais un très joli filet de voix. Quoi qu'il en soit, ne le laisse pas une minute qu'il ne t'ait lancée. Quand une fille comme toi a une pareille chance, elle doit en profiter jusqu'au bout. Cela ne dure pas long-temps, crois-moi. Et, pourtant, j'étais plus jolie que toi.

THÉRÈSE *essaye de s'éloigner.*

Laisse-moi, veux-tu, maintenant...

Mme TARDE *la rattrape.*

Attends un peu, voyons, attends un peu... Comme tu es nerveuse... Je voulais te dire... Tu sais dans quelle situation nous sommes; tu sais aussi comme ton père est avare et comme il me laisse peu d'argent. Tu peux avoir l'occasion de me rendre service, sans qu'il s'en doute, naturellement...

THÉRÈSE *tremble un peu*

Qu'est-ce que tu vas me dire, toi aussi?

Mme TARDE

Oh! rien, trois fois rien. J'ai attendu ce soir parce que ce n'était pas la peine de t'ennuyer avant, et puis, je n'étais pas tout à fait d'accord pour la commission... Voilà, j'ai été voir Vinteuil, tu sais, le grand joaillier de l'avenue de la Plage. Tout ce qu'il y a de mieux, ma petite, une succursale à Londres, une à Paris. Bref je lui ai tout dit.

THÉRÈSE *a pâli.*

Comment? qu'est-ce que tu lui as dit?

Mme TARDE

Hé bien, que tu te mariais et richement.

THÉRÈSE

Oh! mais tu n'aurais pas dû! Je t'avais défendu...

Mme TARDE

Au fond, qu'est-ce que cela peut te faire? Il faudra bien qu'on le sache un jour. Alors voilà. Il va t'acheter une bague, sans doute. Qu'est-ce que cela pourrait te faire de dire : « J'en ai vu une que j'aime chez Vinteuil. » Attends, attends. Il y a justement un « diamant et perles » de toute beauté. Mais, attends donc! Vinteuil en veut vingt-cinq mille. Je lui ai dit que si tu disais que tu en avais envie depuis longtemps, il pouvait certainement en demander trente. Si ton fiancé marchande, bien entendu, il baissera, mais il m'a promis la différence...

THÉRÈSE *s'est reculée, raidie.*

Oh! Tu me dégoûtes.

Mme TARDE *change de ton.*

Je te dégoûte! Je te dégoûte! Allons, ne fais pas la mijaurée, tu ne l'as jamais été à ce point. Ce n'est pas maintenant que tu as établi ta situation que tu vas commencer à le devenir. Qu'est-ce que ça peut lui faire à lui avec sa fortune, deux ou trois mille francs de plus ou de moins et, pour moi, c'est inespéré!

THÉRÈSE

Et tu croyais que j'allais accepter de le tromper?

Mme TARDE

Mais puisqu'il n'en saurait rien!

THÉRÈSE

Mais même s'il n'en sait rien, surtout s'il n'en sait rien!

Elle s'est pris la tête entre ses mains.

Mais qu'est-ce que vous croyez donc, tous...

TARDE *entre en trombe, très excité.*

J'ai une proposition formidable à te faire! Le père Lebonze n'en revient pas de savoir qui tape en ce moment sur son vieux Gaveau.

Mme TARDE, *avec un coup d'œil complice*
à Thérèse.

Penses-y, Thérèse, en te rappelant tout ce que je t'ai
sacrifié. Mais c'est entre nous, n'est-ce pas?

Elle s'éloigne.

TARDE, *inquiet, quand elle est sortie.*

Qu'est-ce qu'elle t'a dit? Tu sais que tu devrais te
méfier d'elle; ce n'est pas une mauvaise femme, mais
elle est bornée... Dis-moi, poulette. Sur la suggestion
du père Lebonze, il m'est venu une idée magnifique...
Il suffirait que tu retardes ton départ de deux jours,
ce n'est pas le diable. Ne m'interromps pas avant de
savoir. Voilà. Tu n'ignores pas que nous devons donner
à la fin de la saison un concert au bénéfice de l'orchestre.
Bon. A l'occasion de ton départ, Monsieur Lebonze
accepte d'en avancer la date. Tu me suis?

THÉRÈSE

Oui, papa.

TARDE, *qui n'est pas très sûr de lui.*

Parfait, fifille. Hé bien, voilà. C'est une affaire qui
pourrait nous rapporter beaucoup d'argent à tous les
deux. (Je te ristournerai naturellement ta part.) Tu me
suis? Bon. Voilà: c'est une idée qui m'est venue en
voyant ton fiancé à ce piano... Crois-tu que tu ne pourrais pas à l'occasion de ce concert d'adieux en lui disant
que cela t'évoque des souvenirs, que, par tendresse pour
lui, tu aimerais le voir là, sur cette estrade où tu as si
longtemps travaillé... et c'est tout naturel, tu es telle-

ment sentimentale! (tout comme moi, d'ailleurs). Ne
pourrais-tu pas, dis-je, le décider, à titre gracieux bien
entendu, à venir jouer un petit morceau ou deux avec
nous. En famille! Cela serait tellement gentil!

THÉRÈSE *balbutie.*

Toi aussi alors, toi aussi...

TARDE

Comment, moi aussi? Ta mère en a déjà eu l'idée?

THÉRÈSE

Va-t'en, va-t'en! Je ne veux même pas te répondre...
Mais qu'est-ce que vous croyez tous? Qu'il est une
machine à vous faire gagner de l'argent, qu'il faut que
je ne pense qu'à son argent?

TARDE

Qu'est-ce que tu veux, quand on est pauvre!...

THÉRÈSE

Mais on ne peut donc pas cesser de s'en occuper une
fois de cet argent?

TARDE

On le voudrait, mais c'est bien difficile. Allons, ne
fais pas la sotte, tu es aussi commerçante que moi.

THÉRÈSE *crie.*

Ce n'est pas vrai! Vous avez essayé de me l'apprendre mais pas avec lui!

TARDE

Tais-toi donc. Tu as préféré la combine de ta mère parce qu'elle peut te rapporter davantage. Combien t'offre-t-elle?

THÉRÈSE

Va-t'en.

TARDE

Pas avant qu'on se soit mis d'accord.

THÉRÈSE *se sauve, prête à pleurer.*

Mais va-t'en, je t'en supplie...

TARDE *la poursuit.*

Combien t'offre ta mère? Moi, je te donne les trois quarts; tu vois que je ne suis pas exigeant...

THÉRÈSE *a couru à l'estrade,*
elle interrompt Florent, se jette dans ses bras.

Florent! Florent! Allons-nous-en.

FLORENT

Qu'est-ce qu'il y a, Thérèse?

THÉRÈSE *s'accroche à lui.*

Partons, dites, s'il vous plaît, partons vite que je ne les voie plus.

LE GARÇON *entre, poussant Gosta devant lui.*

Le voilà. Je vous donne en mille où je l'ai retrouvé? Sur un banc au bout de la jetée...

M. LEBONZE *accourt en criant.*

Ah! vous voilà, vous! C'est comme ça que vous foutez le camp quand on a besoin de vous? C'est bon! c'est bon! les excuses, moi ça m'est égal. On reparlera de tout cela demain.

A Florent.

Laissez-moi vous remercier, Monsieur. Si, si.. On a beau ne pas s'y connaître, c'est du talent. Est-ce que Thérèse vous a parlé du petit projet que...

THÉRÈSE, *vite.*

Oui. Oui. Tout à l'heure.

M. LEBONZE

Pensez-y! Cela peut être intéressant pour vous comme pour moi.

Il lui tend la main.

Allons, merci encore. Et excusez-moi, Monsieur, mais, dans la limonade, il faut être debout à six heures du matin... Je vais dormir.

Il serre les mains et, en partant, au garçon.

Tu peux te dépêcher de ranger tes chaises, toi. Tu n'es pas en avance non plus. Et éteins les grands lustres, en attendant.

Il sort. La fin de l'acte sera jouée dans une lumière changée, au milieu des chaises que le garçon va entasser sur les tables autour de l'estrade pour préparer le terrain au balayeur.

THÉRÈSE, *doucement, à Gosta*
qui les regarde, immobile.

Gosta. Tu m'aimes bien, n'est-ce pas? Je suis heureuse ce soir... Je voudrais que tout le monde soit heureux avec moi. Je te présente Monsieur Florent France, tu sais, le compositeur. C'est Gosta, Florent, un vieux camarade que j'aime fort.

FLORENT

Alors je suis très heureux de le connaître...

Il lui tend la main, Gosta ne la prend pas.

Pourquoi ne voulez-vous pas me serrer la main?

GOSTA, *brusquement.*

Qu'est-ce que vous lui voulez à cette petite?

Il va sur Florent.

Mme TARDE *crie.*

Gosta!

TARDE *crie aussi.*

C'est insensé!

GOSTA

Qu'est-ce que vous lui voulez à cette petite?

Il a pris Florent aux revers.

FLORENT *se dégage et le repousse.*

Mais vous êtes fou! Qui êtes-vous?

GOSTA

Rien. Je ne suis rien! Rien qu'un pauvre type qui l'a vue grandir et devenir ce qu'elle est et qui ne voudrait pas qu'elle devienne une putain maintenant.

Mme TARDE *crie encore.*

Gosta, mon chéri!

THÉRÈSE, *doucement, toute pâle*

C'est mal, tu sais, Gosta, très mal. Tu ne sais que penser cela, toi aussi. Il est riche, mais ce n'est pas ma faute s'il est riche.

GOSTA

Non, bien sûr, ce n'est pas ta faute! Mais, comme par hasard, toi qui n'aimais personne, c'est lui que tu aimes...

THÉRÈSE

Mais ce n'est pas ma faute si je l'aime!

GOSTA

Non, bien sûr. C'est ton instinct. Je te croyais propre mais tu reniflais l'argent avec ton sale petit museau comme les autres. Seulement, toi, tu te réservais pour quelqu'un de vraiment riche, voilà tout...

THÉRÈSE *crie soudain, angoissée.*

Mais enfin qu'est-ce que vous avez tous? Je l'aime, je l'aime, je l'aime...

GOSTA *crie aussi.*

Bien sûr, tu l'aimes... On en est tous sûrs que tu l'aimes!... Il est riche d'abord, comment veux-tu ne pas l'aimer?

THÉRÈSE, *d'une pauvre voix.*

Oh! tu es odieux. Va-t'en.

GOSTA

C'est bon, c'est bon, ne t'impatiente pas. On va tous s'en aller. On va te débarrasser le plancher. On n'est plus bons pour toi, maintenant. Ah là là! Ah! là là! qui l'aurait dit que toi aussi...

Il s'est écroulé sur une chaise, la tête dans ses mains.

THÉRÈSE *murmure.*

Oh! C'est bête...

Mme TARDE, *à Gosta.*

Tais-toi, mon chéri, tais-toi. Tu sais bien que quand tu te mets en colère tu es malade pendant huit jours...

THÉRÈSE

Emmène-le, maman. Va-t'en, Gosta, je t'en supplie. Tu es fou, tu sais.

GOSTA, *pendant que Tarde et Mme Tarde essaient de l'entraîner.*

Je suis fou. C'est cela, je suis fou. C'est ce qu'il y a de plus commode... Je suis fou...

Mme TARDE

Mon pauvre gros chéri. Ne fais pas ces yeux, allons,
viens...

Elle l'embrasse.

Oui, je sais, tu as mal, je sais...

Ils ont réussi à le faire sortir.

FLORENT

Mais quel est cet homme?

TARDE, *qui est revenu.*

C'est un pensionnaire récalcitrant. En qualité de
directeur de cet orchestre, je m'excuse...

THÉRÈSE

Laisse-nous, toi aussi.

TARDE *a un geste.*

Soit. Je te charge de m'excuser.

Il sort.

THÉRÈSE, *vite, sans regarder Florent.*

C'est un musicien d'ici. Il joue depuis longtemps avec
papa. Il m'a vue grandir, il m'aime beaucoup. Il est
simple, violent. Il s'est figuré qu'on m'avait poussée,
que je ne vous aimais pas, que je me donnais à vous
pour votre argent. C'est pour cela qu'il criait.

FLORENT

Mais votre mère...

THÉRÈSE

Oui, je ne pensais pas vous apprendre cela aussi, tout de suite. Maman l'a appelé « mon chéri ». C'est une vieille situation. C'est son amant — depuis longtemps.

FLORENT

Je vous demande pardon, Thérèse.

THÉRÈSE, *vite.*

Il ne faut pas.

Mme TARDE *revient, minaudant.*

Je vous dérange encore, les amoureux... Il est calmé, il est calmé. Que voulez-vous? C'est un vieux fou! Il va se coucher et cela ira mieux. Je venais chercher mon sac, j'ai des cachets d'aspirine, cela lui fera du bien. Ah! les hommes sont terribles, cher Monsieur, tous les mêmes! Je le chantais déjà à l'âge de Thérèse, quand j'ai débuté au café-concert.

Elle chante avec des mines, tout en cherchant son sac.

« Qu'est-ce qui n'a
Son ocarina
C'est Nana
Oui, Nana qui n'a
Son Nono
Son ocarino
Son nana
Son ocarina... »

Mais où l'ai-je mis, ce sac? Au vestiaire, peut-être?

Elle sort.

FLORENT, *après un temps, à Thérèse, glacée.*

Il me tarde de vous emmener, de vous sortir d'ici. De vous sortir d'eux, Thérèse.

THÉRÈSE, *comme une somnambule.*

Oui.

FLORENT

Vous verrez comme vous serez bien dans ma maison.

THÉRÈSE, *sans ton.*

Oui, je serai bien.

FLORENT

Ma sœur est claire et pure comme vous. Elle sera votre amie. Ma tante, vous verrez, est la plus ravissante vieille dame de la terre.

> *On entend la chanson à côté.*

« Qu'est-ce qui n'a
 Son ocarina
 C'est Nana,
 Oui, Nana qui n'a

Mme Tarde passe et s'en va avec un sourire et un petit bonsoir en finissant de chanter.

« Son Nono
 Son ocarino
 Son Nana
 Son ocarina. »

THÉRÈSE *court à la porte qu'elle a laissée ouverte et s'y adosse. Elle crie.*

Je la cache, je la cache vite! Elle est laide, hein? Elle est vulgaire quand elle chante ces obscénités, et puis cette histoire d'amant...

FLORENT

Oui, Thérèse, mais cela a si peu d'importance. Nous effacerons tout cela.

THÉRÈSE

Vous croyez que vous pourriez?

FLORENT, *ferme, souriant.*

Oui, ma chérie.

THÉRÈSE *crie soudain.*

Mais ne soyez donc pas si fier de votre force, si sûr de vous!

Un petit temps.

Pardon, Florent, mais si vous saviez comme elle est horrible; mon père aussi. Si je vous racontais toutes les histoires que je sais.

FLORENT *l'a prise dans ses bras.*

Tu trembles, Thérèse. Tu me les as pourtant fait voir sans honte depuis un mois.

THÉRÈSE

Jusqu'à tout à l'heure — c'est drôle — je ne savais pas. J'étais innocente. C'est eux qui viennent de m'apprendre cela aussi.

FLORENT

Quoi, cela?

THÉRÈSE

Ce que j'étais, ce que vous étiez.

FLORENT *s'agenouille, lui tient les jambes.*

Oh! ma folle!... Mais je ne suis rien que ton amant,
ton amant à genoux devant toi, qui es un miracle bien
plus étonnant, je te l'assure, que l'argent et la bonne
éducation. On ne t'a donc jamais dit que c'était toi qui
étais riche? Je suis pauvre, Thérèse; regarde-moi. Donne-
moi un petit sou.

THÉRÈSE *a un petit geste retenu.*

Comme vous êtes gentil et habile. Relevez-vous.
Tout à l'heure je croyais que j'étais quelque chose, oui,
malgré votre argent. Je l'ai dit à la fille qui joue avec
moi, elle a bien ri. Je la comprends maintenant.

FLORENT

Ma sotte. Comment une fille, comme toi, si libre, si
fière, pourrait-elle être atteinte, une minute, par une
histoire d'argent?

THÉRÈSE *secoue la tête avec un petit sourire triste.*

Pas seulement d'argent. Non, Florent... Tout à l'heure
vous m'auriez sûrement consolée. Maintenant, votre
façon même de le faire, si délicate, si juste, me blesse
un peu.

FLORENT

Je ne te comprends plus, ma chérie.

THÉRÈSE

Oui. C'est drôle. Moi non plus, je ne me comprends plus très bien. Tout à l'heure, quand vous avez voulu vous battre avec ce pauvre Gosta, je savais que vous étiez plus fort que lui avec votre air de fille. J'aurais dû être fière de vous puisque je vous aime. Je vous ai presque détesté d'être aussi le plus fort de cette façon. D'être toujours le plus fort.

FLORENT *sourit.*

Mon petit sot! Voilà que tu m'en veux parce que je suis fort maintenant? Veux-tu que je provoque ce garçon de café et qu'il m'assomme pour que tu m'aimes?

THÉRÈSE, *qui tremble un peu.*

Vous avez raison de rire. Ce sont des bêtises, n'est-ce pas, Florent? Je vous aime pareil, dites? Je vous mérite, je vous ressemble, dites? Je ne suis pas comme eux?

FLORENT

Non, Thérèse, je te le jure.

THÉRÈSE

Mais vous avez honte à cause d'eux?

FLORENT

Pas une ombre de honte, ils me font rire.

THÉRÈSE

Qu'est-ce que j'ai alors? dites qu'est-ce que j'ai? Je ne suis pas heureuse de la même façon.

FLORENT *la tient.*

Mon petit... mon pauvre petit. Tout te fait mal.

Il l'embrasse; entrent les Tarde.

TARDE

Couple délicieux!

Mme TARDE

Ah! vous me rappelez mes vingt ans!

Florent, un peu gêné, s'est détaché de Thérèse.

TARDE

Embrassez-la donc! Embrassez-la donc! La petite est toute à vous.

Mme TARDE

Pour qui nous prenez-vous, cher Monsieur? Nous sommes entre artistes. D'ailleurs, moi aussi, je suis une bête d'amour.

THÉRÈSE *crie.*

Maman!

TARDE

Son bonheur, nous n'avons jamais pensé qu'à son bonheur! Nous ne sommes pas des parents comme les autres...

Il ajoute après un coup d'œil à Mme Tarde.

Hum!... La seule question, nous vous l'avouons, c'est ce départ brusque qui, du point de vue professionnel...

FLORENT

Mais vous allez prendre une autre violoniste pour la remplacer? Il n'en manque pas.

TARDE

Certes, certes, mais la question n'est pas là, hélas! elle plaisait beaucoup ici et, malheureusement, je ne vous le cache pas, le patron, Monsieur Lebonze, nous a donné notre congé pour le lendemain de son départ. Financièrement, c'est une catastrophe.

FLORENT, *la main au portefeuille.*

Mais je tiens à remédier à tout cela. C'est tout naturel, puisque c'est ma faute si...

THÉRÈSE, *qui se tenait un peu éloignée, a bondi.*

Ah non!

TARDE

Comment non? Pourquoi non?

Mme TARDE

Voyons, Thérèse, ton fiancé lui-même dit que c'est tout naturel!

THÉRÈSE

Ah non! Pas encore cet argent. Vous m'avez fait assez de mal avec lui. Vous m'avez fait perdre assez de

bonheur comme cela pour aujourd'hui. Je ne veux pas
d'argent. Et puis, je ne veux pas non plus que vous ayez
l'air extasiés de la sorte parce qu'il veut bien m'épouser :
je suis belle, j'ai vingt ans, je l'aime, cela vaut sa gloire
et son argent! Il ne faut plus qu'il en soit question de
cet argent. Vous m'en avez donné pour m'acheter des
valises hier. Je ne le veux même pas.

> *Elle court à son sac.*

TARDE, *affolé.*

Ne l'écoutez pas! Ne l'écoutez pas!

Mme TARDE *la suit en gémissant*
et revient avec elle.

Thérèse!... Thérèse, voyons, Thérèse! Ma petite!

THÉRÈSE

Tenez! Tenez! Le voilà! Tenez! Tenez! Tenez!

> *Elle a jeté les billets aux pieds de Florent. Les*
> *Tarde vont se précipiter.*

Ne bougez pas, je vous le défends!

TARDE

Mais tu es folle! Puisqu'il te l'a donné! Quelqu'un
pourrait entrer, c'est malin!

THÉRÈSE

Oui, je suis folle.

> *Elle regarde Florent, haletante.*

Voilà.

FLORENT *éclate de rire.*

Ma chérie, ma chérie... Tu es merveilleuse. Mais quelle importance cela a-t-il l'argent? Nous n'en parlerons plus jamais; nous n'en aurons même pas si tu veux! On peut très bien vivre sans argent. Tiens, tiens...

Il cherche son argent dans ses poches.

THÉRÈSE, *doucement.*

Comme tout est simple pour toi. Je suis toute froide de honte et tu joues un joli jeu.

FLORENT, *qui jette tout ce qu'il a, en riant.*

Allez, plus d'argent, plus d'argent, plus d'argent. Dorénavant, nous ne saurons plus ce que c'est que l'argent!

TARDE, *affolé.*

Oh! mais c'est trop, c'est trop!

A sa femme.

Garde les portes!

FLORENT *jette sa dernière pièce.*

Voilà! mon chéri, tu veux bien que je t'embrasse maintenant? Je n'ai plus un sou sur moi...

THÉRÈSE *se laisse faire sans un geste; elle regarde les Tarde, tremblants de convoitise.*

Regardez-les tous les deux. Cela leur fait mal, ces billets par terre... Comme vous les avez gentiment jetés, Florent. Nous n'avons pas ce talent, nous autres. Regardez ces têtes.

Un temps, elle crie soudain.

Je suis une imbécile d'avoir commencé. Moi aussi, malgré moi, cela me fait mal cet argent par terre. Je me suis trop piqué les doigts avec mon aiguille, je suis restée trop longtemps courbée sur des étoffes à en avoir mal aux reins, pour n'en gagner qu'un peu. J'ai voulu faire la fière, mais je mentais...

Elle se jette à genoux.

A genoux, à genoux. Je dois les ramasser à genoux pour ne pas mentir, je suis de cette race.

FLORENT

Mais c'est impossible!

Il la relève : elle a les dents serrées, les yeux fermés.

Ma folle...

TARDE *explose.*

C'est cela, c'est cela. Elle est folle! Occupez-vous d'elle, nous allons tout ramasser pour vous rendre...

Ils se précipitent. Hartman, qui a regardé toute la scène, immobile, s'approche de Florent qui tient Thérèse en larmes dans ses bras.

HARTMAN, *doucement.*

Il faudra faire bien attention, Florent...

Les autres ramassent toujours.

LE RIDEAU TOMBE

DEUXIÈME ACTE

Une pièce pleine de livres qui donne sur le parc par trois grandes portes-fenêtres. Boiseries. Portraits de famille sur les murs. Meubles anglais. Carrelage par terre. Thérèse est debout, immobile. Elle regarde Tarde qui essaie les fauteuils un a un.

TARDE

Je ne sais plus dans quel fauteuil je me suis endormi hier. Il était extraordinaire. Ils sont tous très bons d'ailleurs. Cela doit valoir quelque chose des fauteuils comme ça.

> *Il revient à son point de départ.*

Non. Celui-là je l'ai déjà essayé. Au fond, cette particulière sensation de bien-être devait plutôt venir du dîner. Merveilleuse, la poitrine farcie d'hier. La truite de ce matin n'était pas mauvaise non plus.

> *Il prend un cigare, le renifle.*

Il a du goût, ton fiancé.

> *Réflexion faite, il en prend un autre qu'il met dans sa poche.*

THÉRÈSE

Laisses-en quelques-uns.

TARDE

Pour qui me prends-tu? Je suis un rigolo, mais je connais mon monde.

Il s'installe.

Tu ne t'assois pas? Le petit, près de la cheminée, n'est pas mauvais.

Un silence.

Cela vaut au moins neuf francs cinquante un cigare de cette taille. Cela fait plus de douze voltigeurs. Cela ne t'épate pas de voir ton père fumer douze voltigeurs à la fois? Si Madame Tarde, qui me faisait une scène pour un misérable ninas, pouvait me voir, mon bonheur serait à son comble. Tu lui as écrit, j'espère?

THÉRÈSE

Et toi?

TARDE *a un geste.*

C'est ta mère! Moi, j'ai été si pris ces jours-ci. Les promenades, la sieste, les repas. Il y a du poulet à la milanaise ce soir.

THÉRÈSE

Comment le sais-tu?

TARDE

J'ai été le demander à la cuisinière, pardi.

Un silence. Il rêve.

Du poulet à la milanaise. Tu as une idée de ce que cela peut être, toi?

Elle ne répond pas.

Dis, fillette? Tu as une idée de ce que cela peut être, du poulet à la milanaise?

Pas de réponse, il se retourne.

Tu ne peux pas me répondre? Tu n'es guère aimable avec ton père. Entre nous, passe encore, j'ai l'habitude. Mais les étrangers doivent trouver cela rudement drôle. Après tout, je ne sais pas ce que tu me reproches. Je suis propre. Je me tiens bien. J'ai de la conversation. Essaie de chercher, parmi les pères de tes amies, quel est celui qui serait capable de porter le smoking avec mon aisance et de fumer d'un air naturel un cigare de neuf francs cinquante.

Un silence.

Naturellement, tu préfères ne pas me répondre. Tu adores m'humilier, mais je te défie de me citer un nom.

Un silence encore. Il regarde fixement un petit meuble tout proche, il s'inquiète.

Mais que fait ton fiancé aujourd'hui? Il ne nous quitte pas après le déjeuner d'habitude.

THÉRÈSE

Je ne sais pas. Il s'est enfermé avec Hartman.

TARDE, *très inquiet cette fois.*

Dis-moi, s'ils travaillent, il ne va pas revenir de si-tôt. Tu pourrais peut-être servir la fine toi-même. Après tout, tu es la jeune fille de la maison, hein, fifille?

THÉRÈSE

Non.

TARDE *se lève.*

Me servir moi-même sera peut-être moins correct.
Mais enfin, nous sommes a la campagne.

THÉRÈSE *le rattrape.*

Je te défends d'ouvrir cette cave à liqueurs!

TARDE

Ah! ça, par exemple, je me demande bien pourquoi?

THÉRÈSE

Je ne veux pas.

TARDE

On n'a jamais rien obtenu par l'arbitraire en France.
Tes raisons?

THÉRÈSE

J'en ai assez maintenant de te voir fouiller dans tous
les meubles de cette maison.

TARDE

Tu ne prends pas ton père pour un voleur, j'espère?

THÉRÈSE

Tu n'as jamais rien volé, non, jusqu'ici, parce que
cela représente un certain danger chez des inconnus.
Mais chez des gens que tu connaîtrais très bien, je ne

sais pas si tu ne te laisserais pas tenter par quelque chose...

TARDE *hausse les épaules.*

Tu es injuste. Comment ne comprends-tu pas, tout simplement, que ton père, un vieil artiste, s'intéresse aux objets d'art de cette maison?

Un silence. Il est assis, soudain minable.

Ah! tu as eu tort de me faire venir ici, Thérèse. Ton vieux père a senti la caresse d'une vie de luxe et de dignité. J'aimerais finir mes jours dans un cadre semblable... Au fond, je n'aurais pas dû consacrer mon existence à l'ingrate musique. J'étais fait pour une autre vie. Parce que, ne l'oublie pas, ta mère était une femme du peuple — « était » — c'est admirable! Je me sens si bien ici que je me figure qu'elle est morte. Ta mère est une femme du peuple, veux-je dire, mais moi, mes parents m'ont donné du meilleur sang bourgeois. Et que tu le veuilles ou non, sous le vieux bohème, le bourgeois d'ancienne souche parle.

Il s'est levé tout en parlant et a essayé d'ouvrir l'armoire à liqueurs et, voyant qu'il n'y parvenait pas, il a pris un petit canif qui pend à sa chaîne de montre et il tente de faire jouer la serrure.

THÉRÈSE *le voit.*

Et c'est le bourgeois d'ancienne souche ou le vieux bohème qui est en train de crocheter la cave à liqueurs?

Tarde referme son canif, vexé, et retourne s'asseoir. En passant, il prend un nouveau cigare qu'il met dans sa poche.

TARDE

Mais enfin, qu'est-ce que tu as depuis ce matin? Permets-moi de te dire, fillette, que je commence à trouver toutes ces railleries déplacées... Je me demande pourquoi tu as insisté l'autre jour pour que je vienne ici, si ton intention était de m'y rendre la vie intenable! Ton fiancé, Hartman, sont charmants avec moi. Toi seule me bats froid. Et sais-tu seulement pourquoi? Je vais t'étonner, fillette, tu ne le sais pas.

Thérèse, lassée, a appuyé sa tête contre la fenêtre. Tarde continue.

Oh! c'est entendu. Tu prends ton père pour un imbécile. Mais alors, veux-tu lui expliquer, à l'imbécile, une chose qu'il ne comprend pas très bien? Voilà. En principe, je te fais honte, n'est-ce pas? Bon. Je ne relève pas pour l'instant ce que cette opinion a d'erroné, d'excessif et de blessant : je l'accepte; je te fais honte. Depuis ce matin, d'ailleurs, tu ne manques pas de me le faire remarquer. « Ne crochète pas la cave à liqueurs » (tu aurais pu dire « n'essaie pas d'ouvrir » ou au besoin « ne force pas la serrure », tu as choisi comme par hasard le terme le plus crapuleux; mais passons) : ne crochète pas la cave à liqueurs, ne fouille pas partout, laisse des cigares aux autres. Fais attention à tes ongles : ils sont sales... Tu es plein de pellicules, brosse-toi, etc., etc. (Les pellicules, je te ferai remarquer en passant que tous les artistes en ont. C'est une chose contre laquelle il n'y a rien à faire.) Je te fais donc honte. Bon. Tu m'as toujours reproché mes ongles, mes pellicules. Tu es une mauvaise fille. Rien de nouveau à cela. Ta conduite présente peut être profondément outrageante pour l'auteur

de tes jours; elle ne l'étonne pourtant pas. Mais voilà où
cela devient bizarre. Combien y a-t-il de jours que nous
sommes ici, fillette? Tu ne veux pas me répondre? A
ton aise. Je te le dirai, moi : il y a six jours — six, deux
fois trois — que nous sommes ici. Il y a donc eu cinq
jours, les premiers de notre séjour dans cette maison,
où je ne t'ai pas fait honte. Tu me diras que je ne suis
pas obligé de te faire honte tous les jours. Je te répondrai une chose, poulette, en toute franchise. Si, à un certain moment — ce qu'à Dieu ne plaise! — ma conduite
a été susceptible de te faire honte, c'est pendant les
deux ou trois premiers jours de notre séjour ici qu'elle
aurait dû le faire. Oui, je te l'avoue, le premier jour j'ai
été ébloui. Ces repas magnifiques, ces fauteuils, ces
cigares à discrétion, cette fine qu'on nous servait régu-
lièrement, alors...

Il soupire en lorgnant encore la cave a liqueurs.

Bref, au premier dîner, par exemple, tiens, je lâche
le mot, j'ai été ignoble. J'ai repris cinq fois de la mousse
au chocolat. J'ai laissé tomber un anchois dans mon
verre; j'ai roté... Remarque que c'était sans importance.
A chaque fois, j'avais le mot d'esprit qui mettait les
rieurs de mon côté. Mais enfin ce jour-là — tu vois, ton
vieux père bien humblement te l'avoue — ce jour-là
j'aurais pu, dans une certaine mesure, te faire honte.

THÉRÈSE

N'emploie pas tant de circonlocutions : tu l'as fait

TARDE

Ah! je l'ai fait! Je l'ai fait! Hé bien! Quelle a été
ton attitude à ce premier repas? Tu as ri à gorge déployée

à chacune de mes erreurs. C'est toi qui m'as incité bruyamment, en attirant l'attention générale sur moi, à reprendre une cinquième fois de la mousse au chocolat. Tu as fait mieux, tu as essayé de m'induire en erreur sur la destination du bol d'eau chaude qu'on nous a présenté à la fin du repas. Si ton fiancé n'était pas intervenu, je crois bien que tu me l'aurais laissé boire, mauvaise fille, après m'avoir laissé manger la rondelle de citron. Quand ce malheureux renvoi m'a échappé, ton fiancé, qui a de l'éducation, a détourné la tête; toi, tu as ri, tu as applaudi avec ostentation, tu m'as crié : « A ta santé, papa! » Nieras-tu maintenant que tu m'as crié : « A ta santé papa »?

THÉRÈSE, *lasse.*

Oui, je l'ai crié.

TARDE

Nieras-tu qu'au salon, exploitant la faiblesse bien compréhensible d'un vieil homme à qui la vie a tout refusé, tu m'as fait prendre quatre cigares — tu m'as servi sept fois de la fine pour me griser, comme une midinette à qui on veut faire dire des bêtises?... Des bêtises que j'ai dites, naturellement! Quand j'ai bu, j'ai la chansonnette facile. Mais tout de même... Il y a chansonnette et chansonnette. Si tu ne m'avais rien dit, j'aurais peut-être chanté le « Temps des Cerises ». Pas du tout. Tu as insisté pour que je chante une gaudriole, pour me faire faire les gestes! Et tu riais comme une folle. J'en suis gêné moi-même quand j'y repense. Nieras-tu ta conduite de ce premier soir?

THÉRÈSE

Non, papa...

TARDE

Tu avoueras alors qu'elle est en complète contradiction avec les reproches que tu me fais aujourd'hui pour des bêtises?

THÉRÈSE

Oui, papa.

TARDE

Peux-tu me dire, dans ce cas, ce que signifie ce soudain changement d'attitude?

THÉRÈSE

Je vais te répondre comme toi lorsque j'étais petite...
« Si on te le demande, tu diras que tu ne le sais pas. »

TARDE, *amer.*

Comme c'est malin. Je ne suis pas petit, moi. Si on me le demande, je rougirai et je dirai : « Je suis un père qui n'a pas la confiance de sa fille. »

La femme de charge entre apportant le café.

LA FEMME DE CHARGE

Monsieur prie Mademoiselle de l'excuser une minute encore. Il demande que Monsieur et Mademoiselle veuillent bien commencer à prendre le café sans lui et sans Monsieur Hartman.

TARDE *l'appelle.*

Dites-moi, Madame. La cave à liqueurs est fermée?

LA FEMME DE CHARGE

Non, Monsieur, elle n'est jamais fermée.

Elle l'ouvre.

TARDE *à Thérèse.*

Tu vois.

Il a un gracieux sourire.

Je vous remercie mille fois, Madame.

LA FEMME DE CHARGE

A votre service, Monsieur.

TARDE

Vous êtes bien aimable, Madame.

> *La femme de charge sort. Tarde se dirige réso-
> lument vers l'armoire à liqueurs et sort les flacons.*

Pour moi, c'est de la fine. Tu ne prends rien, poulette?

THÉRÈSE

Non, rien.

TARDE

Alors, je te sers un peu d'armagnac. Je serais curieux
de faire la différence avec la fine.

Il remplit un second verre.

Ras bord, comme tu les aimes.

Il boit. se carre dans son fauteuil.

Au fond, fillette, je te dois un aveu. J'ai bien réfléchi pendant ces six jours. Hé bien, j'avais tort l'autre fois de vouloir faire jouer ton fiancé dans ce lamentable bouiboui du père Lebonze pour un billet ou deux de bénéfice...

> *Il vide son verre, le repose.*

Tiens, je te lâche le paquet! Je me demande même si je ne vais pas lui rendre une partie de la somme qu'il m'a prêtée.

THÉRÈSE

Tu deviens fou?

TARDE

Non... Non, je ne deviens pas fou. Mais c'est quelque chose de bizarre... Cela m'a pris ici, dans cette atmosphère, près de lui qui est si généreux, si insoucieux des questions matérielles... Oui, je me demande si je n'ai pas envie de lui rendre une partie de cet argent.

> *Un temps, il prend l'autre verre. Il boit une gorgée.*

Remarque que je sais parfaitement qu'il me l'a donné de bon cœur.

> *Une gorgée.*

Je sais aussi, bien sûr, que pour lui qui est si riche, c'est une goutte d'eau dans la mer... Et d'un autre côté, je ne peux pas te dissimuler qu'avec ce que m'a pris ta mère et les faux frais, il ne m'en reste pas lourd de cet argent...

> *Une gorgée*

Je suis même en droit de me demander — notre situation à tous deux est tellement délicate — si un pareil geste n'aurait rien de blessant...

> *Le verre est vide, il avise le verre de Thérèse.*

Un peu d'armagnac encore?

> *Elle ne répond pas.*

Une goutte?

> *Il remplit le verre et boit.*

Tu as raison de préférer cela à la fine, c'est plus chaud.

> *Un temps, il s'installe dans son rêve.*

Bref, comme tu le vois, il y a du pour et du contre. Mais je me demande cependant si je ne vais pas faire tout au moins un geste symbolique, quelques centaines de francs, mille peut-être...

> *Il boit et, rêveur :*

Bah! Si c'est un geste symbolique, tu me diras que cinq cents francs suffiraient.

> *Un temps.*

Quatre, au besoin.

> *Il boit encore, noble, le regard perdu.*

D'un autre côté, sache bien, je ne voudrais pour rien au monde avoir l'air d'un avare...

THÉRÈSE

Mais, qu'est-ce qui se passe, qu'est-ce qui se passe dans cette maison, pour que, même toi, tu en sois réduit à de telles hypothèses? Enfin, petit père Tarde, regarde-moi bien en face. On t'a prêté de l'argent en te laissant

entendre que c'était pour longtemps. On ne te le réclame
pas et tu veux en rendre une partie, de toi-même. Tu
veux faire un geste symbolique, toi? Tu as peur d'avoir
l'air d'un avare, toi?

TARDE

Ton père en est là.

THÉRÈSE

Qui l'aurait cru, petit père Tarde, qu'au fond, tu ne
songeais qu'à être digne?

TARDE

J'ai toujours été digne. C'est ta mère qui déteignait
sur moi.

THÉRÈSE

Et toi, qu'on a vu débraillé pendant soixante ans,
voilà que tu te fais des nœuds de cravate impeccables
maintenant?...

Elle bondit.

Où as-tu pris cette cravate? Elle n'est pas à toi.

TARDE

Je ne l'ai pas prise. C'est ton fiancé qui me l'a donnée.

THÉRÈSE

Tu la lui as demandée?

TARDE, *sincèrement indigné.*

Pour qui me prends-tu? Il l'avait au cou. Je lui ai
simplement dit qu'elle était fort belle et qu'elle avait

le même filet mauve que mon costume. Ce qui est parfaitement exact, tu peux le vérifier. Alors, je ne sais pas
ce qui lui a pris : il a éclaté de rire, il l'a sortie de son
cou et il me l'a donnée. Quel original et quel cœur sur
la main!

> *Il tire une petite glace de sa poche et arrange*
> *sa cravate en chantonnant.*

Boum. Boum. Boum. C'est une cravate qui vaut au
moins cinquante francs.

> *Il range sa glace, il se remet à fumer noblement.*

THÉRÈSE *sourit, malgré elle.*

Comme tu es heureux, toi, ici...

TARDE

Au point que je n'ose pas m'avouer mon bonheur.

THÉRÈSE

Pourquoi?

TARDE, *humble.*

J'ai peur que tu me renvoies.

> *Il touche du bois.*

THÉRÈSE

Et moi, j'ai l'air d'être heureuse?

TARDE

Oh! Toi, tu es tellement bizarre! Il y a longtemps
que j'ai renoncé à savoir quand tu étais contente et
quand tu ne l'étais pas.

THÉRÈSE

Crois-tu que si j'étais venue ici avec l'intention d'être heureuse j'aurais insisté pour t'emmener, papa?

TARDE

Pourquoi n'aimerais-tu pas les joies de la famille, tout comme une autre, fillette?

THÉRÈSE

Ne fais pas l'imbécile. Tu ne l'es pas. Cela ne te paraît pas drôle que j'aie voulu t'emmener? Tu ne te poses pas de question le soir, après ton dernier verre de fine, dans ton lit à baldaquin?

TARDE

Tu sais, je ne suis pas curieux, moi... Tu me veux, je suis là. D'ailleurs, je m'endors si vite après le dîner.

THÉRÈSE

Cela ne te paraît pas drôle non plus que je t'aie poussé à être vulgaire, à être obscène?

TARDE

Attention... Attention... N'exagérons rien. Je n'ai pas été obscène.

THÉRÈSE

Si, papa. Et j'avais envie de crier et je me suis plus d'une fois mordu les lèvres jusqu'au sang pour ne pas pleurer.

TARDE

Saperlotte! Mais tu aurais dû me dire, petite... Moi,
quand je suis en verve, je vais... je vais... Je ne me rends
pas compte...

THÉRÈSE, *les yeux fermés.*

Non. J'aurais voulu que tu fasses plus fort encore.
Que tu te déculottes pour nous faire rire. Que tu sois
malade, que tu vomisses à force de boire...

TARDE, *que cette vision épouvante.*

Mais tu es effrayante, Thérèse!

Il va à elle. Il crie soudain.

Thérèse, regarde-moi!

THÉRÈSE

Oui.

TARDE

Qu'aurait dit ton fiancé si j'avais vomi sur ses tapis?

THÉRÈSE

Tu l'aurais tellement dégoûté sans doute, et moi aussi,
ta fille, qui t'encourageais et riais de te voir faire, qu'il
nous aurait flanqués à la porte tous les deux...

TARDE

Tu as pensé cela? C'est épouvantable. Mais le mariage
alors — raté?

THÉRÈSE

Bien sûr.

TARDE, *qui n'en revient pas.*

Tu as essayé de faire rater ton mariage sciemment? Mais pourquoi? Je suis ton père, après tout, j'exige que tu me dises pourquoi! Je deviens fou, il faut absolument que je comprenne pourquoi!

THÉRÈSE, *gentiment.*

Cela, c'est vraiment au-dessus de tes forces, papa...

TARDE *tombe assis, anéanti.*

Un monstre. J'ai enfanté un monstre — un monstre d'orgueil!

THÉRÈSE

Tu crois que je suis orgueilleuse?

TARDE

Du côté de ta mère, ils sont plats comme des punaises, mais du côté des Tarde, l'orgueil est indomptable. Et c'est de moi que tu tiens, fifille...

THÉRÈSE

Cela serait de la chance, papa, si ce n'était que de l'orgueil.

TARDE

Que veux-tu donc que ce soit, sinon de l'orgueil? C'est le seul sentiment qu'on puisse éprouver avec une telle violence devant un homme qu'on n'aime pas.

THÉRÈSE

Mais qui t'a dit que je ne l'aimais pas?

TARDE

Crois-tu donc que si tu l'aimais, tu t'amuserais à faire vomir ton père devant lui pour le dégoûter?

THÉRÈSE

C'est pourtant cela, papa.

TARDE

Non, non. Je me refuse à croire une telle chose. J'ai aimé, moi aussi, ma petite — pas ta mère — plus tard... (maintenant que tu es grande, je peux bien te le dire). Une harpiste qui a fait un moment partie de l'orchestre. Une longue créature d'un chic inimitable. Eh bien, je te jure que pareille complication ne me serait jamais venue à l'idée... Et pourtant, d'un sens, je suis plus passionné que toi.

THÉRÈSE, *les yeux fermés.*

Il ne te serait pas venu à l'idée non plus d'être exprès grossier, exprès méchant... De te cramponner de toutes tes forces à ta pauvre révolte?

TARDE

Ma révolte? Quelle révolte? Explique-toi, nom d'une pipe! Tu es en train de me dire des choses extrêmement graves et tu t'arranges pour que je ne les comprenne pas. Contre qui es-tu révoltée? Allons, fillette, dis-moi cela posément. Je sais ce que c'est que les amoureuses...

THÉRÈSE

Contre lui et contre tout ce qui lui ressemble ici...

TARDE

Tout ce qui lui ressemble? Qu'est-ce qui lui ressemble?

THÉRÈSE

Sa maison qui n'a l'air si claire et si accueillante le premier jour que pour mieux vous faire comprendre après que vous n'êtes pas fait pour elle. Ses meubles dont aucun n'a l'air de vouloir de moi. Papa, je cours quand je traverse le salon toute seule. Chaque fauteuil m'adresse un reproche de vouloir m'implanter ici. Et toutes ces vieilles dames dans ces cadres!

TARDE

Il y en a de fort nobles, ma foi.

THÉRÈSE

Je me promène nue tous les soirs devant celles de ma chambre.

TARDE

Cela me paraît un enfantillage déplacé et sans portée véritable.

Thérèse a été aux livres qui tapissent le fond de la pièce.

THÉRÈSE

Et ses livres, tiens, ses livres qui sont tous ses amis — pire, ses complices — qui lui ont parlé, qui l'ont aidé à devenir lui; ses livres qui le connaissent mieux que moi et que je ne connais même pas, moi, pour me défendre. Oh! mais je les ai repérés de dos, va, si je ne les ai pas lus!

TARDE

Mais, dis donc, c'est bien simple, tu n'as qu'à les lire, fillette.

THÉRÈSE, *toute pauvre.*

Je me lève le matin avant tous les autres depuis trois jours et je viens ici, sans ouvrir les persiennes, pour essayer. Seulement, ils ne me parlent pas à moi comme à lui... Il faudrait qu'il m'explique et je ne veux pas. Oh! mais il ne faut pas qu'ils croient qu'ils me font peur.

> *Elle marche le long des rayons et jette les livres par terre.*

Tiens, regarde ce que j'en fais de ses livres. Tiens, celui qui le fait pleurer parce qu'il est allé vendre des fusils en Afrique. Tiens, tiens, tiens, ceux-là qui le font rire et pas moi.

TARDE, *qui la suit, ramassant, affolé.*

Fillette, fillette, tu es folle. Tu vas les abîmer, voyons.

> *Il lit un dos en ramassant.*

Molière... Qu'est-ce qu'il a bien pu te faire, Molière? C'est un fabuliste. Thérèse! Mon enfant! Thérèse, je t'interdis!

> *Il tombe trop de livres, il en lâche lui-même, il est débordé. Thérèse va à lui, lui arrache les livres qu'il a péniblement ramassés et les rejette par terre.*

THÉRÈSE

Je ne veux même pas que tu les ramasses. Je veux qu'il les trouve là quand il rentrera, ses sales livres.

TARDE *jette un dernier livre*
qui lui restait dans la main, tombe assis, découragé.

Ta conduite m'atterre par son incohérence, mon enfant. Je me demande bien comment d'inoffensifs bouquins...

THÉRÈSE, *qui regarde autour d'elle*
dans un coin, traquée, au milieu des livres.

Tout ici est avec lui, contre moi : le petit bureau d'écolier sur lequel il faisait ses devoirs de vacances pendant que, moi, je courais les rues — le petit bureau qui n'a l'air de rien — est son complice...

Elle montre un portrait.

Et sa mère, elle est morte, elle aurait pu me laisser tranquille, celle-là, dans son cadre. Mais même les morts sont ses complices, je le sais bien.

TARDE

Oh! si tu te mets à invoquer les morts, maintenant!

THÉRÈSE

Ils t'ont déjà parlé de sa mère?

TARDE

Une femme charmante, paraît-il, d'une douceur, d'une distinction princières.

THÉRÈSE *ricane.*

Oui. Hé bien, tu les vois, à côté, dans ses souvenirs, la douceur et la distinction princières de la fille Tarde? Dis papa, tu les vois?

TARDE

Attention, attention! D'abord, tu ne peux pas nier que toutes tes amies sont beaucoup moins distinguées que toi. Et quant à ta douceur, je ne vois rien à dire contre elle, en somme...

THÉRÈSE *va à lui.*

Ma douceur! tu te la rappelles ma douceur — le jour où tu voulais que je réponde aux avances du père Lebonze.

TARDE *se lève, excédé.*

Ah! C'était bien le moment de reparler de cela, par exemple! C'était bien le moment! Ah! tu peux te vanter d'avoir du tact, toi!

Il marche furieux dans la pièce, il a un geste.

Et d'ailleurs, tu oublies que nous sommes des artistes à qui toutes les excentricités sont permises et qui ne sont déplacés dans aucun milieu!

THÉRÈSE

Des artistes! Non, mais tu es sincère en disant cela aussi? Tu m'as écoutée jouer du violon déjà? Tu t'es écouté jouer de la contrebasse? Et puis, tu l'as écouté jouer après, lui — même avec un doigt — sans en avoir le cœur brisé?

TARDE

Pardon, pardon. Tu as un très joli talent, poulette,
et moi, tu ne dois pas oublier que je suis second prix
du Conservatoire d'Arcachon. Il ne faut pas non plus
nous rabaisser outre mesure... Il y a bien des gens à
qui nous pourrions tenir la dragée haute, tu sais!

THÉRÈSE, *doucement,*
avec un petit sourire désespéré.

Hé bien, il faudra que nous nous dépêchions de les
trouver, ces gens-là, et d'aller la leur tenir haute, notre
dragée... Parce qu'avec les autres...

Elle s'est arrêtée devant le portrait de la mère.

Ah! ils peuvent s'attendrir sur elle, elle peut sourire
dans son cadre. C'est bien malin d'arriver dans une
maison comme une vraie fiancée, sans honte et sans
révolte — et d'être claire et douce — et de se faire
aimer...

FLORENT *entre rapidement, suivi d'Hartman.*

Excuse-moi, ma chérie. Avez-vous pris le café?

TARDE

Certes. On est même venu nous dire : « Monsieur
vous fait dire de prendre les liqueurs sans lui. » Alors,
naturellement, nous commencions à les prendre...

FLORENT

Bon. Mon cher Monsieur Tarde, vous m'avez demandé
hier si je pouvais vous prêter un habit?

Thérèse lève la tête

TARDE *explique, gêné.*

Oui, poulette. Tu comprends, ton fiancé m'a dit qu'il en avait plusieurs... Alors, ma foi, j'ai pensé : un mariage ne dure qu'un jour, en somme. La vie est si dure! D'un autre côté, un habit cela n'a pas besoin d'aller tellement bien...

FLORENT

Vos raisons sont excellentes, mon cher Monsieur Tarde. Ne les énumérez pas une seconde fois. Cet habit est en ce moment sur votre lit avec des chemises, des cols, des cravates. Voulez-vous aller voir si tout cela vous va?

TARDE

Mais certainement, certainement, mon cher futur gendre, et en vous remerciant de tout cœur...

Tout le monde attend qu'il sorte, il s'assoit timidement sous les regards.

Dès que nous aurons pris les liqueurs, je me ferai une joie...

FLORENT *va à la cave à liqueurs, souriant.*

Quelle est votre liqueur préférée?

TARDE

Je comparais justement tout à l'heure la fine et l'armagnac, et je vous avoue que j'étais hésitant.

FLORENT

Bon. Voilà le flacon de fine et voilà le flacon d'armagnac.

Il lui charge les bras.

Quel est votre verre?

TARDE *a un geste.*

Oh! n'importe lequel, allez...

FLORENT

En voilà un. Pouvez-vous monter tout de suite dans votre chambre essayer l'habit et prendre les liqueurs sans nous?

TARDE *s'est levé, digne.*

Que dois-je comprendre?

FLORENT *sourit.*

Mais cela, exactement.

TARDE

C'est une sorte de congé, en somme, si je ne me trompe pas?

FLORENT *sourit malgré lui.*

C'est une sorte de congé pour un petit moment. Oui, vous ne vous trompez pas. Mais avec deux excellentes bouteilles. On va vous faire rappeler bientôt.

TARDE *a un geste d'une grande noblesse.*

Inutile d'insister, j'ai compris.

Il fait un pas.

Je ne suis tout de même pas obligé de rester dans ma chambre? Si c'est trop long, j'ai le droit d'aller me promener?

FLORENT *le reconduit.*

Mais, naturellement...

TARDE *s'arrête.*

Alors, dites-moi — puisque vous avez bien voulu
pour l'habit — cela ne vous ferait rien de me prêter
une canne? Je ne sais pas me promener sans canne et
— c'est un fait exprès — j'ai oublié la mienne.

FLORENT

Il y en a plusieurs dans l'antichambre. Prenez celle
que vous préférez.

Il le pousse.

TARDE

Alors, si cela ne vous fait rien, je prendrai celle qui
a un pommeau d'ivoire cerclé d'or... C'est celle qui m'a
paru le mieux en main...

Il s'arrête, un peu gêné.

Enfin, à vue d'œil...

FLORENT, *pour en finir.*

C'est bien. Elle est à vous. Je vais vous la chercher.

Il sort.

TARDE *se précipite derrière lui en criant.*

Ne prenez pas cette peine! Ne prenez pas cette
peine!...

Florent est déjà sorti, sa voix tombe.

Ne prenez pas cette peine... Oh! C'est ridicule, il
n'aurait vraiment pas dû se donner cette peine...

Il crie timidement par la porte entrebâillée.

Ne cherchez plus, allez, ne cherchez plus, j'ai bien le temps...

FLORENT *rentre avec une autre canne.*

Il me semblait pourtant l'avoir vue hier encore. Je ne la trouve pas. Tenez, voulez-vous celle-là à la place?

TARDE *balbutie.*

Je vais vous dire... J'avais pensé que vous diriez oui... Elle est dans ma chambre.

FLORENT *éclate de rire et le pousse dehors.*

Dans ce cas, c'est parfait. Montez vite.

THÉRÈSE, *quand Tarde est sorti.*

Qu'est-ce qui se passe? Pourquoi le fais-tu sortir?

FLORENT

Voilà ce qui se passe, Thérèse. J'ai reçu ce matin une lettre anonyme. Reconnais-tu ce style?

Il lit.

« Je vous écris cette lettre car j'ai des révélations importantes à vous faire sur celle à qui vous voulez donner votre nom... »

THÉRÈSE

Alors?

FLORENT

Cette lettre était apportée par le garçon du Café de la Gare où le signataire de ces lignes attendait ma visite.

Tu penses bien que cela m'a fait rire, tout simplement. Mais comme je ne voulais pas que quelqu'un puisse t'ennuyer, j'ai envoyé Hartman au rendez-vous. Il y a trouvé ta camarade de l'orchestre, la fille qui tenait le second violon et, ma foi, il a pensé bien faire en la ramenant ici. Veux-tu la voir ou veux-tu que je la renvoie tout simplement?

THÉRÈSE

Je veux la voir.

FLORENT

C'est bien. Je vais la chercher.

> *Il sort. Hartman s'approche de Thérèse.*

HARTMAN

Thérèse, au café où j'ai retrouvé cette jeune fille, j'ai été indiscret. Au lieu de la renvoyer comme le voulait Florent, je lui ai offert à boire et je l'ai questionnée.

> *Thérèse le regarde.*

Elle ne m'a d'ailleurs pas dit grand-chose, mais j'ai eu l'impression que ce n'était pas elle qui avait eu l'idée de cette lettre anonyme. Qu'elle avait été appelée ici par quelqu'un.

> *Il regarde Thérèse en souriant, il la prend soudain par les épaules.*

Thérèse, vous êtes sûre que vous n'êtes pas en train de faire une bêtise?

THÉRÈSE *se dégage.*

Je ne sais pas ce que vous voulez dire. Laissez-moi.

HARTMAN

Ma petite Thérèse, regardez-moi bien en face. Je ne sais pas exactement avec quels mauvais génies vous êtes en train de vous battre. Je les devine un peu. Ne haussez pas les épaules, vous comprendrez peut-être un jour que je suis le seul dans cette maison à pouvoir vous parler ainsi.

> *Thérèse lui a échappé; il la rattrape, la prend*
> *par le bras et doucement, mais fermement.*

Thérèse, vous aimez Florent. Cela, c'est quelque chose de sûr, quelque chose de vrai. Vous avez votre bonheur devant vous. Tâchez donc de l'agripper de toutes vos forces, ce bonheur, et d'oublier toutes ces histoires à dormir debout.

THÉRÈSE

Ce ne sont pas des histoires à dormir debout.

HARTMAN

Si, ma petite vïeille... J'ai employé ce terme à dessein. Je pensais qu'il allait vous faire crier. Mais écoutez-moi bien... Dans cette maison, toutes les fois que vous aurez mal sans vous être coupé le doigt ou cogné le coude — toutes les fois que vous pleurerez sans avoir épluché d'oignons — cela sera une peine à dormir debout. Vous oubliez que vous êtes ici dans la maison du bonheur où les peines n'ont pas de place... Le propriétaire vous a entrouvert la porte. Ne faites pas de bêtises. Entrez donc vite.

THÉRÈSE

Je ne veux pas vous écouter, vous et vos phrases. De quoi vous êtes-vous mêlé, d'abord? Pourquoi cela vous intéresse-t-il tant, les histoires des autres? Vous ne pouvez donc pas me laisser en paix?

HARTMAN *sourit.*

Vous laisser en paix, Thérèse? Je vous ai adressé trois fois la parole en six jours...

THÉRÈSE

Oui, mais vous croyez que je ne vous vois pas derrière votre pipe, à tout noter, à tout comprendre? Ce sont mes peines à moi, laissez-les-moi. Et occupez-vous des vôtres si vous en avez.

HARTMAN *la tient par les épaules, la scrute.*

Je suis un vieil égoïste, Thérèse, et j'ai laissé déjà mourir pas mal de gens. Mais il faut croire que, vous, je vous aime bien — cette fois cela me paraît trop bête de vous laisser vous sauver ainsi devant le bonheur.

THÉRÈSE *s'arrache de ses mains.*

Vous me dégoûtez tous avec votre bonheur! On dirait qu'il n'y a que le bonheur sur la terre. Hé bien, oui, je veux me sauver devant lui. Hé bien, oui, moi, je ne veux pas me laisser prendre par lui toute vivante. Je veux continuer à avoir mal et à souffrir, à crier, moi! C'est extraordinaire, n'est-ce pas? Vous ne pouvez pas comprendre, n'est-ce pas?

HARTMAN, *doucement.*

Qu'en savez-vous, Thérèse?

> *Florent est entré avec Jeannette.*

FLORENT

Entrez, Mademoiselle. Voilà ton amie, Thérèse. Nous allons vous laisser seules.

THÉRÈSE

Non, reste.

> *Elles se regardent toutes les deux intensément. Thérèse dit enfin.*

Hé bien, parle. Tu as envoyé une lettre anonyme. Tu voulais parler, parle. Que voulais-tu dire?

> *Jeannette se tait*

Tu veux que je te laisse seule avec lui? Tu as honte devant moi? C'est bien, je vous laisse.

FLORENT *la retient.*

Non, Thérèse. A mon tour de te retenir. Il faut que tu restes. Je ne veux rien entendre sans toi.

THÉRÈSE

Mais tu vois bien qu'elle a peur... Elle ne parlera pas devant moi.

FLORENT

Alors, elle ne parlera pas. Est-il si nécessaire après tout qu'elle parle?...

THÉRÈSE

Oui. Je le veux. Je veux qu'elle te dise ce qu'elle avait à te dire... Je veux que tu saches tout, Florent. Allons, parle, toi. C'est moi qui te demande de parler maintenant. Tu es devenue muette? Parle!

JEANNETTE

Parle, parle, qu'est-ce que cela veut dire, parle? De dire ce que tu m'avais dit de dire ou de dire ce que tu m'avais dit de ne pas dire?

FLORENT

Comment?

JEANNETTE

Je suis venue, oui, mais je n'ai rien à dire. Cherches-en une autre, ma petite.

Elle se tourne vers Florent.

Vous avez la voiture pour me ramener à la gare?

THÉRÈSE

Ah! non, cela serait trop facile! Tu ne te figures pas que je vais te laisser repartir comme ça? Tu es là pour dire quelque chose, ma fille, dis-le.

JEANNETTE

Tu es folle, Thérèse. Lâche-moi.

FLORENT

Thérèse, je crois qu'il vaut mieux la laisser partir.

THÉRÈSE

Non. Je veux qu'elle parle, je veux qu'elle la dise cette saleté qu'elle porte avec elle. Regardez-la avec ses nippes et ses cheveux jaunes, elle n'a même pas besoin de parler, elle l'a introduite ici sa pauvre petite saleté avec l'odeur de sa mauvaise poudre, avec sa cigarette au coin du bec... Allez, Jeannette, allez, la copine de la fille Tarde, parle, parle donc.

Elle la secoue.

Mais qu'est-ce que tu attends pour parler puisque tu es là pour cela? Puisque c'est moi qui te le demande? Tu as peur!

JEANNETTE

Non, mais si tu veux savoir, ça me dégoûte. Je ne veux pas passer pour ce que je ne suis pas.

Elle se tourne soudain vers Florent.

J'ai peut-être été jalouse de sa chance, comme les autres, quand vous l'avez emmenée, mais de là à venir tout salir, comme ça... C'est elle qui m'a écrit de venir.

THÉRÈSE

Imbécile, imbécile.

JEANNETTE

Elle devait me donner l'argent du voyage plus trois cents francs.

Il y a un silence. Florent se tourne vers Thérèse.

FLORENT

Pourquoi as-tu fait venir cette fille ici?

THÉRÈSE

Pour qu'elle te parle.

FLORENT

Qu'est-ce que tu voulais qu'elle me dise?

JEANNETTE

Oh! des horreurs, cher Monsieur...

FLORENT *rit à moitié.*

Mais qu'est-ce que c'est que cette histoire de brigands!... Qu'est-ce que tu voulais qu'elle me dise?

> *Thérèse ne répond pas; il se tourne vers Jeannette, lui prend le bras.*

Qu'est-ce que vous deviez me dire, vous?... Dites-le maintenant, puisque tout le monde vous le demande.

JEANNETTE *se dégage.*

Oh! ce n'est pas la peine de me faire mal au bras! Je ne demande pas mieux que de le dire, moi, si vous avez envie de l'apprendre. J'ai fait trois cents kilomètres pour ça... Elle m'a écrit de venir vous dire qu'elle avait été la maîtresse de Gosta...

FLORENT *la lâche.*

Gosta...

JEANNETTE

Oui, la maîtresse de l'amant de sa mère. Excusez du peu, cher Monsieur.

FLORENT *se retourne vers Thérèse.*

C'est effarant. Pourquoi voulais-tu me faire croire cela?

THÉRÈSE

Tu as entendu, tu as entendu? Excusez du peu comme elle dit. Cela ne sert plus à rien puisque tu sais maintenant que c'est moi qui l'ai fait venir, mais je le lui ai fait dire quand même pour que tu entendes ces mots-là résonner ici, pour que ta mère les entende dans son cadre et toutes tes vieilles tantes et tes fauteuils, ta maison, ton parc et tes roses, et ton vieux jardinier que je déteste et tes vieilles bonnes et tes livres aussi, tes sales livres.

JEANNETTE *en ramasse un.*

En fait de livres, on en écrase ici.

> *Florent voit tous les livres par terre, il regarde Thérèse.*

THÉRÈSE

C'est moi qui les ai jetés.

FLORENT

Pourquoi?

THÉRÈSE

Pour rien.

FLORENT *la prend par les épaules.*

Thérèse, je veux que tu me dises pourquoi.

THÉRÈSE

Tu peux me serrer avec tes grandes mains et me faire mal, je ne te le dirai pas, pourquoi. J'ai voulu que tu apprennes ce que j'aurais essayé de te faire croire si cette imbécile n'avait pas tout fait rater. Je veux que tu saches que j'ai jeté tes livres, que je crache sur le portrait de ta mère tous les soirs quand je passe ici, que j'ai fait venir mon père, que je t'ai laissé lui donner de l'argent, que je l'ai fait boire et chanter des chansons, exprès! — mais pourquoi j'ai fait tout cela, pourquoi je vous déteste tous, je ne te le dirai jamais, puisque tu n'as pas su le trouver toi-même!

FLORENT *la regarde, abasourdi.*

Mais, Thérèse, ce n'est pas possible... Nous étions heureux tout à l'heure encore... Qu'est-ce que tu as?

THÉRÈSE

Tu étais heureux — pas moi.

FLORENT *balbutie.*

C'est épouvantable...

THÉRÈSE

Oui. C'est épouvantable.

FLORENT

Mais, tu trembles?

THÉRÈSE

Oui, je tremble. Je tremble d'être la seule ici qui ne sache pas sourire, la seule sale, la seule pauvre, la seule honteuse.

FLORENT

Pourquoi pauvre? Pourquoi honteuse?

THÉRÈSE

Ce n'est plus la peine de me questionner, je ne te répondrai pas.

Elle va se jeter sur un divan. Il la regarde, interdit, sans oser faire un pas vers elle.

HARTMAN *prend Jeannette à part.*

Dites-moi. Vous avez demandé la voiture tout à l'heure?

JEANNETTE

Oui, mais je ne pars pas sans avoir parlé en particulier à Thérèse. On peut se foutre de moi, me faire faire trois cents kilomètres pour rien, mais tout de même, je ne veux pas en être de ma poche, par-dessus le marché.

HARTMAN *la prend par le bras et sort son portefeuille.*

Venez donc. J'ai tout pouvoir pour régler cet aspect de la question.

JEANNETTE

Comme ça, c'est régulier.

Elle se détourne.

Adieu, Thérèse, et fais donc pas tant de manières, va... Tu as une bonne place, garde-la.

A Hartman en sortant.

Ah! si c'était moi, cher Monsieur!

HARTMAN

Oui, mais voilà, ce n'est pas vous...

Ils sont sortis.

Thérèse est couchée sur le divan, la figure cachée. Florent est debout près d'elle. Il murmure.

FLORENT

Tu avais de la peine, mon chéri, et je ne m'en doutais pas. Mon petit bonhomme qui voulait me faire croire qu'il était la maîtresse de l'amant de sa mère... C'était très compliqué ce que tu avais été chercher là. La maîtresse de l'amant de ta mère! Il me semble que si j'avais été une petite sotte qui tient absolument à avoir l'air noir comme la nuit, j'aurais tout de même trouvé quelque chose d'un peu plus vraisemblable.

Elle se soulève, le regarde, va lui dire quelque chose, puis, lasse, se laisse retomber sans un mot sur le divan.

FLORENT *vient s'asseoir à côté d'elle.*

Ainsi, tu te figures que je vais te permettre d'avoir

une peine que je ne connais pas? Tu te figures que je vais laisser une seule peine vivre de toi?

> *Il l'a prise dans ses bras.*

Regarde-moi. Je ne crois pas à tes peines, ce sont des folles et je suis plus fort qu'elles.

> *Il l'a soulevée, il la tient en face de lui, elle se détourne.*

Est-ce que je n'ai pas l'air plus fort que toutes les peines du monde? Regarde mes yeux.

> *Elle n'a pas bougé; il la secoue, essaie de voir son visage.*

D'abord, qu'est-ce que tu m'as dit sur ma maison? Tu t'y sens pauvre, tu t'y sens seule? Mes sales livres. Pourquoi mes sales livres? C'est en lisant ces sales livres que j'ai appris à t'attendre et à t'aimer depuis que j'ai vingt ans. Quand tu les connaîtras, tu les aimeras comme moi. On dirait qu'ils ont tous été écrits pour toi.

> *Il les ramasse.*

Allons, remettons un peu d'ordre dans cette maison. Je vois que cette hostilité, au fond, c'est tout simplement parce que vous ne vous connaissiez pas très bien. Je vais vous présenter.

> *Il veut la prendre.*

Donne-moi la main, lève-toi que je te présente à ma maison, Thérèse.

> *Elle se cramponne au divan.*

Non? Tu ne veux pas te lever? Ce n'est pas très poli de se faire présenter couchée. Enfin, je suis sûr qu'elle t'excusera. C'est indulgent, ces vieilles maisons de campagne.

Il commence moitié riant, moitié ému comme s'il parlait à un enfant, sans cesser de lui caresser la tête.

Voilà. Messieurs les arbres, Messieurs les murs gris, Messieurs les fauteuils (puisqu'il paraît que vous aussi vous êtes en cause), je vous prie d'excuser cette jeune fille qui est un tout petit peu triste encore parce qu'elle n'a pas su s'y prendre pour vous aimer. Vous êtes peut-être aussi un peu trop solennels les uns et les autres. Vous auriez dû faire attention à ne pas lui faire peur. Peut-être ne se serait-elle pas couchée là sur ce divan où elle enfonce son nez, si vous lui aviez dit que, de loin, vous aviez l'air d'un château, mais que, de près, vos murs sont pleins d'animaux et de bonshommes que tous les petits garçons de la famille se sont amusés à gratter au couteau. Vous, les fauteuils, vous auriez dû lui dire que vous n'étiez pas si terribles que cela, malgré vos airs, et que d'ailleurs vous n'aviez aucun style! Vous les grands-pères, les grands-oncles, pourquoi avoir fait les malins dans vos cadres? Parce qu'elle était la seule dans la maison à ne pas savoir que vous n'aviez pas inventé la poudre de votre temps? Et quant à toi, maman, quand je pense que tu t'es laissé cracher dessus tous les soirs sans lui faire comprendre qu'au contraire, elle aurait dû t'aimer beaucoup... Tu ne lui as donc pas dit qu'elle te ressemblait? Elle avait mal, maman. Et tu ne lui as rien dit! Toi qui savais si bien consoler de toutes les peines, tu n'as donc rien trouvé pour elle?... Vraiment, maman, je ne te reconnais plus! Si tu

avais pensé au moins à lui chanter la chanson avec
laquelle tu me faisais dormir...

> THÉRÈSE, *sans bouger, se met soudain à chanter*
> *à tue-tête d'une voix éraillée de larmes,*
> *sa figure cachée dans les coussins du divan.*

> « Qu'est-ce qui n'a
> Son ocarina
> C'est Nana
> Oui, Nana, qui n'a
> Son nono... »

> *Elle s'arrête, coupée par un sanglot.*

FLORENT

Qu'est-ce que tu chantes?

> THÉRÈSE, *la tête dans ses bras.*

Une chanson de ma mère à moi.

FLORENT

Pourquoi chantes-tu cette imbécillité?

THÉRÈSE

Parce que ma mère, à moi, est une femme dure et
froide qui me faisait honte et qui me battait.

> *Sa voix est encore coupée par un sanglot.*

FLORENT *crie.*

Mais tu pleures!

> *Il la soulève de force.*

Thérèse... mon petit.

> *Son visage est plein de larmes; debout, elle*
> *titube. Il la secoue, il crie, effrayé.*

Thérèse!...

THÉRÈSE

Je te demande pardon, je suis une idiote. Donne-moi ton mouchoir. Je ne veux plus pleurer; c'est trop bête les larmes.

FLORENT

Pourquoi pleures-tu? Je t'aime, tout le monde t'aime ici. Tout le monde est clair et bon et t'attend pour te rendre heureuse.

> *Elle a les yeux fermés sans rien dire. Il crie.*

Thérèse! Ne te cache pas derrière tes yeux fermés. Il faut que tu me regardes et que je te console. Je pensais que c'était un caprice de petite fille comme il y a six jours, parce qu'ils avaient tous cru que tu m'épousais pour mon argent. C'était tellement idiot que je me refusais à y attacher de l'importance. Thérèse, ce n'est donc pas seulement cela?

THÉRÈSE *l'arrête d'un petit geste et se met à parler doucement.*

Ecoute. Il va falloir me laisser partir. Dis, je ne te demande rien d'autre.

> *Il va parler, elle l'arrête d'un geste encore.*

Tu vois, je ne crie pas, je ne fais pas de scène. Il va falloir me laisser partir.

FLORENT *veut s'avancer.*

Tu es folle, Thérèse.

THÉRÈSE *recule, comme si elle avait peur de lui.*

Ne me touche pas.

FLORENT

Je veux te serrer dans mes bras. Il faut que je te
serre dans mes bras tout de suite et que je te guérisse.

THÉRÈSE

Non. J'ai trop mal maintenant. Il va falloir me laisser
partir. Tu ne peux pas comprendre. Tu ne sais pas ce
que c'est. Tu ne sauras jamais ce que c'est. Cela bout,
cela gonfle, cela éclate... Il faut me laisser m'en aller
d'ici sans scène, sans larmes, tant que je le peux encore.
Dis, je te le demande bien gentiment parce que, si je
restais un peu plus, je deviendrais folle...

FLORENT

Je ne te laisserai jamais partir.

THÉRÈSE

Si, Florent, il faudra bien... Tu devrais me laisser
monter dans ma chambre sans rien me dire. Tu iras
travailler comme d'habitude et puis ce soir tu t'aper-
cevras que je ne suis plus là, sans savoir à quel moment
je suis partie pour que nous ne nous parlions pas encore
une fois. C'est cela qui fait le plus mal : parler.

FLORENT

Explique-moi au moins à quel moment je t'ai fait de la peine, si tu ne veux pas que je devienne fou, moi aussi...

THÉRÈSE, *avec un geste inachevé comme une petite fille.*

Je peux pas dire...

FLORENT

Il faudra que tu parles. Je t'empêcherai de sortir de cette pièce tant que tu n'auras pas parlé.

THÉRÈSE *secoue la tête.*

Non, s'il te plaît, laisse-moi partir...

Elle le regarde bien en face, elle ajoute, dure.

... Si tu m'aimes.

FLORENT, *calme et sûr de lui.*

Je ne te laisserai pas partir parce que je t'aime et parce que tu m'aimes, toi aussi — j'en suis sûr. Je ne sais quel orgueil, quelle méchanceté te déforment en ce moment le visage. Mais je suis sûr aussi que ce sont de mauvaises herbes qui vivent de toi et avec lesquelles tu n'as rien de commun. Tu peux te débattre. J'arracherai toutes tes mauvaises herbes une par une.

THÉRÈSE *crie soudain, fuyant devant lui.*

Mais tu vois bien que je te demande de te taire! J'ai honte, j'ai honte d'être comme cela, mais je le serai toujours. Vous ne pouvez donc pas me laisser tranquille, tous?

Elle s'est pelotonnée dans un fauteuil, toute tremblante.

FLORENT *s'approche doucement.*

Je vais te faire mal. Je te demande pardon, ma chérie. Mais il faut que je te sauve de toi-même. Parce que quelque chose t'éloigne peut-être en ce moment de cette maison et de moi, mais je suis sûr aussi que d'autres forces t'y retiennent. Et si tu pleures, si tu trembles en ce moment, c'est parce que tu es pleine de leur combat. Alors, ne crois pas que je vais rester sans rien faire. Je t'ai dit que j'aimais me battre... Regarde-moi et parle si tu oses. Après je te laisserai peut-être partir.

Il lui a levé la tête de force. Elle le regarde, haletante.

Ne baisse pas les yeux. Tu le sens bien que je suis plus fort que toi et que toutes tes peines?

Elle a reculé la tête le plus possible, jusqu'au dossier du fauteuil. Elle regarde, apeurée, le fond de ces yeux clairs qui la scrutent. Elle va baisser les siens, elle va céder quand son père entre.

TARDE, *en habit, avec un chapeau haut de forme.*

Tant pis pour les consignes! Je n'y tiens plus. Regarde un peu l'allure de ton père, fillette...

FLORENT *s'est dressé, va vers lui.*

Allez-vous-en tout de suite, vous!

THÉRÈSE *court, elle aussi, à Tarde et s'accroche*
à son bras.

Non, reste, papa! J'ai besoin de toi.

FLORENT

Lâche-le, Thérèse. Qu'il nous laisse.

THÉRÈSE

Non, je ne le lâcherai pas! Non, je ne le lâcherai
pas! Ah! Je suis contente que tu sois descendu, papa...
Je suis sauvée maintenant! Tu es là, tu es là.

FLORENT

Remontez, je vous en supplie, vous voyez bien que
votre place n'est pas ici.

THÉRÈSE, *accrochée à Tarde de toutes ses forces.*

Non, je ne veux pas qu'il remonte.

FLORENT, *qui le secoue par l'autre bras.*

Mais fichez-moi donc le camp!

THÉRÈSE

Reste, papa!

TARDE

C'est que, fillette, je finis par me demander si je ne
suis pas de trop...

FLORENT

Mais oui, oui, vous êtes de trop. Partez!

THÉRÈSE

Non, papa. J'ai besoin de toi, reste!

TARDE

C'est que justement, si c'est grave... cela tombe mal... dans ce costume...

THÉRÈSE

Oh! si papa, reste.. surtout dans ce costume.

Elle se serre contre lui.

Papa, mon cher petit papa. Ah! je suis contente que tu sois aussi sale, aussi ridicule, aussi vulgaire...

TARDE

Hé là, hé là... fillette! Je sais bien que tu plaisantes, mais tout de même, je suis ton père, ne l'oublie pas.

THÉRÈSE *crie, avec une sorte d'horrible joie.*

Oh! je ne l'oublie pas, papa! Je suis ta fille. Je suis la fille du petit monsieur aux ongles noirs et aux pellicules; du petit monsieur qui fait de belles phrases, mais qui a essayé de me vendre, un peu partout, depuis que je suis en âge de plaire...

TARDE, *digne.*

Qu'est-ce que tu racontes? C'est bien simple, je ne te comprends pas.

Il se retourne vers Florent.

Elle ne sait pas ce qu'elle dit.

THÉRÈSE

Oh! non, je ne l'oublie pas, papa, que tu es mon père! Je n'oublie aucun des secrets sordides qui me lient à toi mieux que si je t'aimais. Mais si tu savais comme ils me sont doux, aujourd'hui, ces secrets, comme ils me sont utiles. Ah! nous sommes bien tous les deux, papa. Nous nous comprenons tous les deux, hein? Nous ne nous faisons pas honte, nous sommes de la même race, hein, tous les deux?

TARDE

Mais bien sûr, bien sûr, petite...

A Florent.

Je ne sais pas ce qu'elle a, vous savez.

THÉRÈSE, *à Florent.*

Tu ne dis plus rien? Tu sens que je suis loin de toi maintenant que je m'accroche à lui... Ah! tu m'as tirée à toi, tu sais, avec ta grande force et ma tête se cognait à toutes les pierres du chemin... Mais je t'ai échappé, maintenant. Tu ne pourras plus jamais m'atteindre.

FLORENT

Non, Thérèse, tu te débats, mais tu ne m'as pas échappé.

THÉRÈSE

Si, maintenant que je suis au désespoir, je t'ai échappé, Florent. Je viens d'entrer dans un royaume où tu n'es jamais venu, où tu ne saurais pas me suivre pour me reprendre. Parce que tu ne sais pas ce que c'est que d'avoir mal et de s'enfoncer. Tu ne sais pas ce que c'est que de se noyer, se salir, se vautrer... Tu ne sais rien d'humain, Florent...

Elle le regarde.

Ces rides, quelles peines les ont donc tracées? Tu n'as jamais eu une vraie douleur, une douleur honteuse comme un mal qui suppure... Tu n'as jamais haï personne, cela se voit à tes yeux, même ceux qui t'ont fait du mal.

FLORENT, *calme et lumineux encore.*

Non, Thérèse. Mais je ne désespère pas. Je compte bien t'apprendre un jour à ne plus savoir haïr, toi non plus.

THÉRÈSE

Comme tu es sûr de toi!

FLORENT

Oui, je suis sûr de moi et sûr de ton bonheur que je ferai, que tu le veuilles ou non.

THÉRÈSE

Comme tu es fort!

FLORENT

Oui, je suis fort.

THÉRÈSE

Tu n'as jamais été laid, ni honteux, ni pauvre... Moi, j'ai fait de longs détours parce qu'il fallait que je des-

cende des marches et que j'avais des bas troués aux
genoux. J'ai fait des commissions pour les autres et
j'étais grande et disais merci et je riais, mais j'avais
honte quand on me donnait des sous. Tu n'as jamais
été en commission, toi, tu n'as jamais cassé le litre et
pas osé remonter dans l'escalier?

TARDE

Tu as bien besoin de raconter toutes ces histoires,
par exemple!...

THÉRÈSE

Oui, papa, j'en ai besoin.

FLORENT

Je n'ai jamais été pauvre, non, Thérèse, mais ce n'est
pas ma faute.

THÉRÈSE

Rien n'est ta faute! Tu n'as jamais été malade non
plus, j'en suis sûre. Moi, j'ai eu des croûtes, la gale, la
gourme, toutes les maladies des pauvres; et la maîtresse
m'écartait les cheveux avec une règle quand elle s'en est
aperçue.

TARDE, *excédé.*

Boh! Des croûtes!

FLORENT *secoue la tête.*

Je me battrai, Thérèse, je me battrai, et je serai plus
fort que tout ce que t'a fait la misère.

THÉRÈSE *ricane.*

Tu te battras! Tu te battras! Tu te bats gaiement
contre la souffrance des autres parce que tu ne sais pas
qu'elle vous tombe dessus comme un manteau; un
manteau qui vous collerait à la peau par endroits. Si tu
avais été méchant déjà, ou faible, ou lâche, tu prendrais
des précautions infinies pour toucher ce manteau saignant. Il faut faire très attention pour ne pas vexer les
pauvres...

Elle prend son père par la main.

Allons, viens, papa. Remets ton chapeau haut de
forme.

A Florent, bien en face.

Laisse-nous passer, s'il te plaît.

FLORENT *lui a barré la route.*

Non, Thérèse.

THÉRÈSE *frissonne, se regardant dans ses yeux.*

« Elle est délicieuse! » J'ai entendu que vous disiez
cela avec Hartman. « Elle est délicieuse! » Tu ne t'attendais pas à cela, hein? Cette haine qui me creuse le visage,
cette voix qui crie, ces détails crapuleux. Je dois être
laide comme la misère en ce moment. Ne dis pas non.
Tu es tout pâle. Les vaincus sont effrayants, n'est-ce pas?

FLORENT

Pourquoi emploies-tu des mots aussi bêtes? Tu n'es
pas un vaincu, et surtout, je ne suis pas un vainqueur.

THÉRÈSE

Tu es un riche. C'est pire. Un vainqueur qui n'a pas combattu.

FLORENT *lui crie, excédé.*

Mais tu ne peux pas me reprocher éternellement cet argent. Qu'est-ce que tu veux que j'en fasse?

THÉRÈSE

Oh! rien, Florent. Tu aurais beau le jeter tout entier au vent, par la fenêtre, en riant, comme l'autre jour, que ma peine ne s'envolerait pas avec lui... Tu n'es pas seulement riche d'argent, comprends-le, tu es riche aussi de ta maison de petit garçon, de ta longue tranquillité et de celle de tes grands-pères... Tu es riche de ta joie de vivre qui n'a jamais eu à attaquer ni à se défendre, et puis de ton talent aussi. Tu vois qu'il y a vraiment trop de choses à jeter par la fenêtre... Et ne crois pas que tu es un monstre, surtout. Hartman t'a trompé en employant ce mot. Tu m'as torturée et tu es bon, tu sais, et ce n'est pas ta faute, parce que tu ne sais rien.

Elle le regarde pendant une seconde, puis, soudain, sa colère la submerge. Elle crie, avançant vers lui.

Tu ne sais rien! Tu comprends, puisque je te lâche mon paquet, aujourd'hui, comme une bonne qu'on flanque à la porte, je veux te le crier une fois encore; c'est ce qui m'a fait le plus mal. Tu ne sais rien. Vous ne savez rien vous autres, vous avez ce privilège de ne rien savoir. Ah! Je me sens grosse ce soir de toute la peine qui a dû serrer, depuis toujours, le cœur des

pauvres quand ils se sont aperçus que les gens heureux
ne savaient rien, qu'il n'y avait pas d'espoir qu'un jour
ils sachent! Mais ce soir tu sauras, tu me sauras, moi
au moins, si tu ne sais pas les autres. Allez, explique-
lui, toi, papa, si tu en as le courage, toutes les pauvretés,
toutes les bassesses qu'il n'a pas pu connaître et qui
m'ont donné cette triste science à moi qui suis plus
jeune que lui. Allons, explique, explique... Dis-lui tout.
Dis-lui, quand j'avais neuf ans, le vieux monsieur qui
était si bon...

TARDE

Elle est folle. C'était un ami de la famille. Elle ne
sait pas ce qu'elle dit.

THÉRÈSE

Explique-lui aussi quand maman avait trop bu et
qu'elle vomissait et qu'il fallait que je la soigne...

TARDE

Mais tais-toi! Tu m'atterres, mon enfant...

THÉRÈSE

Et il voulait que j'aime sa mère, tu sais! Il voulait
que je ne crache pas tous les soirs en passant sur cette
vieille dame souriante dans son cadre; il voulait que
je m'attendrisse sur ses histoires de roses... La pauvre,
c'était toute sa vie, ses roses, à cette femme... Mais
ce n'est pas tout, ce n'est pas tout. Explique encore,
que nous partions en beauté. Dis-lui que ce n'était pas
une invention si drôle ce que je voulais faire dire à

Jeannette tout à l'heure et que maman m'a assez poussée à céder à Gosta pour pouvoir le garder.

TARDE, *sincère.*

Ah! cela, je ne l'aurais jamais permis!

THÉRÈSE

Bien sûr, papa. Mais alors, dis-lui qu'à quinze ans, même pas, quatorze, j'ai eu un amant...

TARDE

Je te défends d'en dire plus long! Ne l'écoutez plus.

THÉRÈSE *crie.*

Oui, j'ai eu un amant à quatorze ans!

TARDE *se dresse devant elle.*

Thérèse, halte-là!

THÉRÈSE *le bouscule et jette encore à Florent.*

J'ai eu un amant à quatorze ans, tu entends. Un garçon, que je ne connaissais même pas, m'a prise. Et je me suis laissée faire sans amour, sans être vicieuse, par une veulerie, une résignation que tu ne comprendras pas non plus. Je ne l'ai vu qu'une fois. J'ai été enceinte. Quand je m'en suis aperçue, il y avait longtemps qu'il était parti. Je me suis délivrée toute seule dans ma chambre.

TARDE *bondit.*

Fillette!

THÉRÈSE *l'écarte d'un geste*
et crie au visage de Florent.

... Toute seule, et je me traînais à quatre pattes en saignant...

TARDE *l'agrippe encore.*

Je te défends, fillette!

THÉRÈSE *le rejette.*

... Et je mordais tout ce que je trouvais pour ne pas crier! Tu vois, je te l'ai dit! Je te l'ai dit! Je ne l'avais jamais dit à personne. Comme cela, c'est fait maintenant. Je n'aurai jamais plus le courage de te regarder.

Elle s'est jetée sur un fauteuil, épuisée, la tête cachée dans ses bras.

TARDE *explose, sincèrement indigné.*

C'est trop, cette fois! C'est trop. Je suis un vieux bonhomme dont la vie n'a pas toujours été facile et je me suis laissé entraîner souvent et plus loin qu'on le croit. Mais le dire en public, comme cela, le crier, en être presque fier, cela, jamais, tu entends, jamais ton père ne l'aurait fait!

Un silence. Florent est tout raide, tout pâle. Il demande d'une drôle de voix.

FLORENT

Qu'est-ce que tu veux que je fasse, Thérèse?

THÉRÈSE

Laisse-moi sortir sans me regarder, si tu m'aimes encore un peu.

Elle se lève, va à la porte sans tourner la tête.

Viens, papa.

TARDE, *en passant, à Florent.*

Je vous demande encore une fois pardon de cette incartade qui m'offense et m'humilie et à laquelle je ne suis pour rien. Parce que — nous sommes entre hommes — on peut faire bien des choses, mais de là à les dire à haute voix...

Il salue et sort derrière Thérèse.

HARTMAN *entre rapidement.*

Je viens de la rencontrer qui montait en courant dans sa chambre.

FLORENT, *qui regarde encore droit devant lui, dit doucement, sans bouger.*

Elle est perdue.

HARTMAN

C'est vous, Florent, qui dites cela? Je savais depuis le premier jour que votre amour ne pouvait pas être facile. Mais il faut travailler à la comprendre. Il faut courir après elle, la rattraper, la reprendre. Elle part, il faut faire quelque chose, Florent!

FLORENT

Je ne sais plus quoi faire. Je suis désemparé, Hartman.

HARTMAN

Vous, désemparé? Qu'est-ce qu'elle a donc pu vous dire?

FLORENT

Je ne la comprends pas. Tout la rend malheureuse ici. Ma maison, mes livres, jusqu'au souvenir de ma mère.

HARTMAN *hausse les épaules.*

Pensez-vous qu'à travers tout cela il s'agisse d'autre chose que de vous?

FLORENT

Elle me reproche de ne pas avoir été pauvre, de ne pas savoir être malheureux ni haïr. Elle a honte de son père et elle l'a amené exprès; elle a honte de son ancienne vie et elle fait venir cette fille pour raconter ce sale mensonge.

HARTMAN

Rappelez-vous le soir où vous me l'avez décrite dans le café. Je vous ai dit : « Quelle chance que ce ne soit pas une fille dure, soupçonneuse, exigeante. »

FLORENT

Pourquoi? Je n'ai pas assez d'amour, croyez-vous, pour nourrir une pareille fille?

HARTMAN

Vous êtes comme les gens très riches, Florent, qui n'ont jamais assez de monnaie pour les mendiants...

Vous avez déjà tant donné de vous à votre art et au bonheur de vivre, et tous deux vous ont tant donné, aussi... Vous me disiez qu'on ne peut pas avoir trop de chance. Vous venez d'en avoir la preuve. Vous devez sentir maintenant sur vos épaules ce qu'est le poids d'une longue chance... Vous êtes comme les rois d'autrefois, on vous a tout donné à profusion et pour rien, de ce que nous devons acheter très cher, nous autres. Alors, acceptez, comme les rois, d'être un peu étranger sur la terre.

FLORENT

Mais je l'aime, Hartman!

HARTMAN

Voilà où vous n'avez pas joué le jeu. Les rois ne doivent pas aimer autre chose que leur joie.

FLORENT

Ce n'est pas seulement cela. Nous ne la comprenons pas, Hartman. Ce n'est pas possible que ce soit seulement cela qui l'ait fait tellement souffrir.

HARTMAN *lui dit doucement, d'une drôle de voix.*

Si, Florent, c'est possible; vous pouvez me croire, moi qui la comprends.

FLORENT *lève la tête, voit son regard, il recule d'un pas malgré lui.*

Qu'est-ce que vous allez me dire, vous aussi?

HARTMAN, *doucement*.

Quand je vous ai rencontré, j'étais déjà un vieil
homme qui fouillait sans espoir une matière sourde de
ses doigts malhabiles — un vieil homme perdu dans
l'épuisante recherche de ces voix célestes que vous aviez
déjà trouvées tout seul en naissant.

Un silence. Il sourit.

Je n'ai pas pleuré, je n'ai pas crié. Je n'étais pas
votre amoureuse, moi... Mais cela m'a fait un peu la
même chose. Je vous ai haï.

FLORENT *balbutie*.

Mais qu'est-ce que vous avez tous? Ce n'est pas ma
faute.

HARTMAN *se redresse, prend sa pipe éteinte.*

Non. Et maintenant je ne suis plus qu'un vieil homme
d'affaires qui sait exactement ses possibilités musicales
et qui vous aime bien.

*Il fait un geste pour vider sa pipe, manière de
cacher son émotion.*

C'est drôle, je ne croyais pas vous dire cela un jour...
Mais au moins que cela vous aide à ne pas la laisser
là-haut qui fait sa pauvre petite valise et qui s'enfonce,
qui s'enfonce toute seule...

FLORENT

J'ai peur qu'elle me regarde encore comme tout à
l'heure, Hartman. Dans cinq minutes je sais qu'il sera
trop tard, mais qu'est-ce que je dois faire? Dites-moi,
vous, ce que je dois faire...

Hartman le regarde, fait un geste évasif. Florent tourne vers lui son visage ravagé. Il lui crie.

Mais, j'ai mal!...

HARTMAN

Peut-être cela. Avoir mal, si vous savez apprendre.

Il est sur le pas de la porte. Il se heurte à Thérèse habillée pour partir.

THÉRÈSE, *d'une petite voix unie.*

Vous êtes là, Hartman? Au revoir.

Et elle s'avance vers Florent.

Adieu, Florent.

Elle lui tend la main.

Je n'ai pas voulu me sauver comme une lâche. Je peux te regarder encore en face. Tu vois. Ne garde pas un trop triste souvenir de moi.

FLORENT *balbutie, sans bouger.*

Adieu, Thérèse... Et je te demande pardon. Je ne savais pas...

Silence. Elle le regarde et dit soudain doucement.

THÉRÈSE

Mais... tu pleures...

Florent ne répond pas.

Tu pleures, toi... Tu pleures à cause de moi? Tu sais donc pleurer?...

FLORENT, *qui s'essuie machinalement la joue.*

Je pleure? Je te demande pardon.

THÉRÈSE, *après un silence*
où elle le regarde sans bouger.

Tu n'es donc pas toujours heureux, toi non plus, malgré tes belles choses?

FLORENT

Non, tu vois.

THÉRÈSE

Tu n'es donc pas toujours sûr de toi? sûr du bonheur que tu fais? sûr que tu as toujours pour toi tous les gendarmes de la terre et du ciel?...

FLORENT

Non, Thérèse, depuis que je sais que tu es malheureuse, je suis ignorant et désemparé comme un père dont l'enfant meurt sans parler, d'une maladie inconnue... Tu as mal, et c'est mon amour qui te fait mal, tu as mal et mon amour ne peut pas te guérir. J'essaie de toutes mes forces de te rendre heureuse et tu as mal quand même — et je ne sais pas faire autre chose... Toi qui m'as parlé de souffrances que je ne pouvais pas connaître, est-ce que tu imagines celle-là?

THÉRÈSE, *doucement.*

Si tu essayais d'être une fois comme les autres : lâche mauvais, égoïste, pauvre. Une fois, dis?

FLORENT

Je ne peux pas.

THÉRÈSE

Si tu essayais, au lieu de tout réussir rien qu'en paraissant, de te tailler difficilement ta place comme les autres, en ratant, en recommençant, en ayant mal, en ayant honte. Si tu essayais, dis, je serais peut-être délivrée?

FLORENT *secoue encore la tête,*
les yeux pleins de larmes.

Je ne peux pas. Vous m'accusez tous comme si c'était ma faute. Ce n'est pas facile, tu sais, d'apprendre à ne plus être heureux... Avant, je sentais bien quelquefois que j'étais comme un embusqué parmi les hommes, que je ne paierais jamais rien d'un cri ou d'une larme... Je trouvais cela commode. Je comprends ce soir que la souffrance aussi, c'est un privilège qui n'est pas donné à tout le monde.

THÉRÈSE *balbutie, pleurant de joie.*

Oh! mon chéri, tu doutes, toi aussi? Tu as honte, tu as mal? Mais tu n'es pas un vrai riche, alors...

Elle cueille une larme au bout de son doigt
sur le visage de Florent.

Tiens, regarde-la, regarde-la, toute brillante au bout de mon doigt! Qu'est-ce que cela peut me faire tout le reste, puisque tu m'as payée d'une larme, moi. Oh! tu pleurais et j'étais là-haut à faire ma valise. Mais pourquoi ne me l'as-tu pas crié que tu pleurais pour que je sois moins seule?

FLORENT

J'avais peur que tu ne me comprennes pas.

THÉRÈSE

C'est vrai? Tu as donc besoin que je te comprenne, besoin que je t'aide aussi? Et je m'en allais comme une idiote, sans le savoir.

Elle s'est jetée dans ses bras.

Oh! aie besoin de moi, dis, au moins pour manger et pour marcher comme un enfant, si tu n'as pas besoin de moi comme un homme... Aie besoin de moi pour que je ne souffre pas trop.

FLORENT

J'ai besoin de toi.

THÉRÈSE

C'est pour cela aussi que j'étais malheureuse. Tu as tellement de choses autour de toi qui te tiennent, qui te chauffent, qui te vêtent. Moi, je n'avais qu'une boisson, qu'un vêtement, qu'un feu.

FLORENT

J'ai besoin de toi, Thérèse.

THÉRÈSE

Plus que toutes tes autres joies?

FLORENT

Plus que toutes mes autres joies.

THÉRÈSE *sourit.*

Alors, rappelle-les vite. Elles ne me font plus peur maintenant.

Elle se jette contre lui, la tête cachée.

Et je t'ai menti, tu sais — ne me regarde pas — c'était une mauvaise fille qui parlait en moi depuis que tu m'as emmenée : je t'aime, je t'aime comme tu es. Il ne faut surtout pas que tu fasses des efforts pour devenir comme les autres. Cela ne me fait plus rien de n'avoir ni amis, ni maison, ni famille. Tu peux faire venir ta sœur et ta tante; je les aimerai bien. Je suis claire, claire moi aussi et riche. Tu es ma maison, tu es ma famille, tu es mon Bon Dieu.

TARDE *entre avec son pardessus sous le bras*
et deux minables valises.

Voilà. Dieu me sera témoin que je ne l'aurai pas voulu et que c'est la mort dans l'âme que j'ai fermé ces deux valises!

THÉRÈSE *se retourne.*

Ah! c'est papa! Je suis heureuse, je suis heureuse, papa!

TARDE

Hé bien, saperlotte, après une scène pareille je me demande bien comment tu trouves le moyen d'être heureuse, toi!

THÉRÈSE

Je suis heureuse parce que tu vas t'en aller tout seul, papa, avec tes deux valises de carton, parce que je me suis enfin détachée de toi!

TARDE

M'en aller seul? mais où cela?

THÉRÈSE

Où tu voudras, papa. Le plus loin possible.

TARDE, *minable.*

Mais je ne reviendrai pas pour la noce?

THÉRÈSE *lance un cri de délivrance.*

Non, papa!

TARDE *clignote et devient soudain tout gris.
Il balbutie.*

Mais pourtant... un père, fifille...

THÉRÈSE *crie encore, impitoyable.*

Non, papa!

TARDE, *qui ne sait plus ce qu'il dit.*

Et tu restes, toi?

THÉRÈSE

Oui, je reste, moi, et je n'ai pas honte et je suis forte
et je suis fière et je suis jeune et j'ai toute la vie devant
moi pour être heureuse!...

*Elle est dans les bras de Florent, transfigurée.
Tarde a repris lamentablement ses valises.*

LE RIDEAU TOMBE

TROISIÈME ACTE

Même décor qu'au deuxième acte. C'est le soir, mais il fait encore jour dehors. On entend parfois le piano au loin. Thérèse est debout, au milieu de la pièce, deux ouvrières à ses pieds : on lui essaye sa robe de mariée... Sur la terrasse au fond, tricotant sur un fauteuil, Mme *Bazin, la tante de Florent, charmante vieille dame, pleine de dentelles, de petits bijoux, de rubans. Sur le divan, feuilletant des revues, la sœur de Florent, Marie. Dans un coin, loin des autres, Hartman qui fume. Au fond sur la terrasse, derrière M*^{me} *Bazin, trois servantes dont la fille de cuisine, qui regardent de tous leurs yeux. Un silence...*

Mme BAZIN, *aux servantes.*

Allons, allons, vous avez assez vu maintenant. Vous la verrez votre content le jour du mariage...

LA FEMME DE CHARGE, *en sortant,*
à la fille de cuisine qui ne bouge pas, extasiée.

Tu as entendu toi? D'abord, qui t'a permis de nous suivre? Tu sais bien que tu ne dois te montrer sous aucun prétexte dans le jardin des maîtres. Allez, file à ta cuisine et un peu vite...

A Mme Bazin.

J'en demande pardon à Madame; elle nous a suivies sans qu'on s'en aperçoive...

Mme BAZIN

Elle se tenait bien à sa place pourtant, jusqu'ici, cette petite.

LA FEMME DE CHARGE

Oui, mais depuis quelque temps je ne sais pas ce qui lui prend, elle est toujours à rôder où elle ne doit pas... Oh! Madame peut dire qu'elle ne vaut pas l'ancien souillon... Je demande pardon à Madame, je vais y veiller.

Elle sort.

Mme BAZIN

Dans une demi-heure, il fera nuit...

Un silence encore.

LA VENDEUSE, *à une ouvrière.*

Plus tendue, la traîne. Au moins ici, Mademoiselle, nous pouvons juger de l'effet; dans votre chambre nous n'aurions jamais pu l'ajuster convenablement. Il faut que nous nous dépêchions si nous voulons prendre le train d'onze heures moins le quart.

MARIE *bâille d'ennui.*

Moi qui vous attendais avec impatience! Quelle idée de ne pas jouer au tennis.

THÉRÈSE

Oui.

MARIE

Si seulement il y avait de l'eau ici, qu'on puisse plonger quand cela va trop mal, ou faire du canot. Et pour comble d'ironie, je continue à recevoir d'Angleterre mes revues de rowing.

Un temps.

LA VENDEUSE

Plus haut ton épingle, Léontine.

MARIE

Vous n'êtes jamais allée en Angleterre?

THÉRÈSE

Non.

MARIE

Moi, je viens d'y passer trois ans. J'étais dans un collège absolument merveilleux. Vous savez, on est très libre là-bas, très sport. Quelle différence de climat! C'est bien simple, je ne sais plus parler à mes amies qui sont restées ici dans les jupes de leur gouvernante ou de leur mère. C'est dommage que vos parents ne vous y aient pas envoyée. Passer deux ou trois ans de l'autre côté du Channel : il n'y a rien de tel pour faire connaî tre la vie à une jeune fille.

THÉRÈSE, *doucement.*

Oh! Il y a d'autres façons de la connaître, allez...

MARIE

Naturellement. Mais en France nous sommes trop tenues pour ne pas rester des cruches jusqu'à notre mariage. Ou alors il y a un moyen, oui — si les parents ne sont pas trop vieille école, c'est de travailler. Hélas! ne le peut pas qui veut!

LA VENDEUSE

Ah! Mademoiselle a malheureusement raison. Nous avons encore renvoyé cinquante ouvrières cette année chez Monsieur Lapérouse!

MARIE

Oh! ce n'est pas cela. Par relations on peut toujours s'arranger pour trouver une place. Je parlais des parents. Il y en a qui voient encore le travail comme un déshonneur. Moi, je trouve cela absolument merveilleux. Et vous?

THÉRÈSE *a un petit sourire.*

Cela dépend. Il faudrait toujours faire quelque chose qu'on aime beaucoup, comme Florent.

MARIE

Mais non, je ne parle pas des artistes! Je parle d'un vrai travail, d'un « job » bien rétribué dans une banque, une maison de publicité ou une compagnie d'assurance.

Mme BAZIN, *du fond.*

Moi, de toute ma vie, je n'ai cessé de travailler : crochet, dentelle ou autre, et je m'en suis trouvée fort bien.

Je ne suis pas de ces oisives qui pourraient rester les mains vides. J'ai deux jardiniers, mais il m'arrive de tailler mes rosiers moi-même.

MARIE

Le travail, c'est d'abord une discipline excellente et, en tout cas, ce qui est énorme pour une jeune fille, c'est l'indépendance complète.

THÉRÈSE

On regarde souvent la pendule, vous savez, dans un bureau ou dans un atelier.

LA VENDEUSE

Chez nous, pour éviter cela, Monsieur Lapérouse a fait enlever les horloges et il défend d'apporter des montres. C'est la sonnerie qui règle tout.

THÉRÈSE, *relevant le menton de la petite arpète qui est à ses pieds.*

Dis-lui, toi, qu'on ne s'amuse pas tous les jours chez Monsieur Lapérouse.

LA VENDEUSE

Oh! Mademoiselle, je peux vous assurer que les ouvrières de la maison sont toutes contentes de leur sort, et très contentes...

THÉRÈSE, *doucement, souriant à la petite.*

Bien sûr.

Mme BAZIN

De mon temps, les ouvrières travaillaient seize heures par jour. D'un côté elles étaient moins heureuses qu'aujourd'hui, bien sûr, mais aussi on leur donnait plus facilement. Que de fois j'ai fait cadeau aux femmes qui venaient coudre chez moi de robes encore très mettables. Maintenant, cela ne vous vient plus à l'idée : elles sont aussi riches que nous. Qui y a perdu au change? Pas nous, bien sûr.

MARIE

Décidément, vous êtes tout à fait vieux jeu, ma pauvre Thérèse! Alors, pour vous, l'idéal, c'est la jeune fille à la maison. Cela ne vous a jamais excédée, vous, la maison?

THÉRÈSE *sourit.*

Oh! moi, c'est un peu spécial. Ma maison...

Mme BAZIN

Vous avez raison, Thérèse; tenez-lui tête! Marie est une petite révolutionnaire.

MARIE

Mais naturellement! Je pense qu'une jeune fille doit travailler. D'abord, parce que je trouve cela sport et amusant et puis très chic aussi, dans la mesure où on n'y est pas obligé. C'est vrai, il faut vivre avec son temps, ma tante!

Mme BAZIN

De mon temps aussi nous disions cela. Mais nous, c'était pour qu'on nous laisse monter à bicyclette.

MARIE

Il ne faut plus que les bourgeois se croient sortis de la cuisse de Jupiter. Nous sommes tous les mêmes et notre lot sur terre est de travailler les uns comme les autres.

LA VENDEUSE

Pour ma part, je suis de votre avis, Mademoiselle. La vraie jeune fille moderne doit travailler. Malheureusement, il y en a beaucoup trop qui ne se sont pas suffisamment posé la question.

THÉRÈSE, *à la petite.*

J'espère que tu te l'es suffisamment posée, toi, la question, avant d'entrer chez Monsieur Lapérouse?

LA VENDEUSE *a un petit rire poli.*

Mademoiselle aime plaisanter... D'ailleurs, je comprends qu'elle soit tout à fait étrangère à notre petite controverse. Quand on se marie, c'est tout différent. On a une maison, un rang à tenir... Mais dans le cas de Mademoiselle France, au contraire, je le pense formellement, la jeune fille doit travailler. Monsieur Lapérouse a d'ailleurs étudié des ensembles d'un goût très simple et très sûr, pour la jeune fille qui travaille... Pour cette saison, il a prévu deux modèles, l'un du matin, l'autre de l'après-midi. Parce que le problème n'est pas si simple qu'on peut le croire. Il faut songer que la jeune fille qui travaille l'après-midi et qui sort à sept heures n'a matériellement pas le temps de faire une nouvelle toilette pour la cocktail-party ou le petit dîner. Il fallait donc concevoir un modèle avec lequel elle puisse être convenable aussi bien au bureau qu'au cabaret, au cinéma, ou, à la rigueur, dans un petit théâtre. Si vous donnez suite à vos projets, Mademoiselle, je suis sûre que Monsieur Lapérouse se fera un plaisir de vous envoyer quelqu'un avec les deux modèles pour que vous puissiez les voir.

MARIE

Je vous remercie. Mais je ne compte pas travailler avant la rentrée. Pendant les trois mois d'été, avec les invitations qui pleuvent, ce n'est vraiment pas possible. En octobre, s'il a un modèle intéressant, volontiers.

LA VENDEUSE

Je lui ferai la commission, Mademoiselle. Jeanne, voulez-vous remonter un peu la pince.

MARIE

Parce que, dès octobre, ma tante, je vous parie bien que je travaille du matin au soir, et sérieusement.

Mme BAZIN

J'ai toujours dit que tu étais une extravagante.

LA VENDEUSE

Il ne faut pas dire cela, Madame. Nous ne savons pas de quoi demain sera fait. De nos jours, le travail n'est plus un passe-temps agréable pour les oisifs; il est devenu une nécessité.

MARIE

C'est ce que tante ne veut pas comprendre. Elle vit encore comme avant-guerre sans vouloir tenir compte de l'instabilité des situations sociales. Cette époque est révolue, tante. Nous sommes *obligées* de travailler, maintenant.

LA VENDEUSE

Hélas! toutes autant que nous sommes.

Un temps, à Thérèse.

Vous n'êtes pas fatiguée, Mademoiselle?

THÉRÈSE

Non.

LA VENDEUSE

Nous n'en avons plus pour longtemps, mais le montage de ces manches est si délicat...

A Marie.

Ce serait dommage tout de même que cette décision vous fît renoncer au délicieux petit ensemble pour les sports d'hiver dont je vous ai parlé.

MARIE

Oh! Je prendrai tout de même un mois de vacances en hiver. Je ne suis pas une sectaire.

LA VENDEUSE

Ah! bon, vous me rassurez. J'aurais été navrée qu'une autre le portât. On dirait vraiment qu'il a été conçu pour vous.

MARIE

Et puis surtout, vous savez, la neige, le ski, au début, si cela n'a été pour moi comme pour les autres qu'un coup de snobisme, maintenant c'est devenu quelque chose dont je ne saurais pas me passer! Mais si je travaille, je paierai mon hôtel et mes costumes moi-même. Personne ne pourra me chicaner sur mon séjour à Megève. Je dépenserai ce que je voudrai.

LA VENDEUSE

C'est la grande force d'une jeune fille qui travaille.

MARIE

Mais certainement! Au fond, les midinettes et les dactylos nous envient; elles ne savent pas leur bonheur. La liberté que donne l'argent gagné en travaillant; l'argent bien à soi. Si elles savaient comme sous prétexte de bonne éducation on est pingre, au fond, avec les jeunes filles, dans les meilleures familles françaises...

THÉRÈSE, *à la petite.*

Tu vois, tu peux te vanter d'avoir de la chance! Tu ne t'en doutais pas?

MARIE

Mais c'est évident! La vraie privilégiée de nos jours, c'est la femme qui gagne son argent toute seule. Tenez, je connais une jeune fille qui travaille comme secrétaire-dactylographe dans une banque depuis près d'un an déjà. Résultat : moi, on n'a jamais voulu que j'aie une voiture personnelle. Elle, elle va s'acheter un petit roadster!

THÉRÈSE

Et elle est dactylo? Elle a une bien bonne place...

MARIE

Oh! à vrai dire, elle en paie seulement une partie de sa voiture; son père met le reste.

THÉRÈSE

Ah! bon.

MARIE

Dès qu'elle l'aura, elle va faire la Grèce et l'Italie par petites étapes avec une amie...

THÉRÈSE

Mais sa banque? Elle aura un assez long congé?

MARIE

Naturellement : c'est la banque de son oncle. Il lui donnera tous les congés qu'elle voudra.

THÉRÈSE

Tout s'explique...

Mme BAZIN

Tu auras beau dire, fillette, cela me paraît une drôle d'idée de vouloir travailler chez les autres. Je ne comprends pas qu'il y ait des gens pour accepter qu'on les commande! Moi, j'ai toujours aimé être mon maître.

LA VENDEUSE

Tout le monde, Madame. C'est pourquoi nous devons féliciter très chaleureusement et encourager les jeunes filles d'excellente famille comme Mademoiselle France qui savent renoncer d'elles-mêmes à des avantages sociaux, déjà illusoires, hélas! Mais je suis sûre que les merveilleux petits ensembles que Monsieur Lapérouse a spécialement conçus pour les jeunes filles qui travaillent lui adouciront beaucoup l'épreuve. Leurs noms déjà ne sont-ils pas charmants? L'un de grosse faille marron avec une petite cape de loutre s'appelle « les Quarante heures », et l'autre, plus habillé, avec une blouse de lamé très sobre bleu nuit, qu'égaye un simple clips de perles fines, « la Petite syndiquée ».

Mme BAZIN

C'est curieux comme la langue française évolue. De mon temps, des syndiqués, c'étaient des gens qui faisaient dérailler des trains.

LA VENDEUSE *se relève.*

Voilà. Si vous voulez bien patienter cinq minutes, Mademoiselle, nous revenons avec la petite cape qui vous permettra de juger de l'effet d'ensemble. Venez, vous autres. Il va falloir que nous nous dépêchions si nous ne voulons pas rater le train.

> *Elle va sortir, suivie des ouvrières. Thérèse court après elles, prend la petite arpète, étonnée, par le bras.*

THÉRÈSE

Ecoute, toi... Vous permettez, Mademoiselle, je voudrais dire un mot à cette petite.

LA VENDEUSE

Mais je vous en prie, Mademoiselle. Tu monteras nous retrouver à la lingerie, Léontine.

THÉRÈSE *entraîne la petite vers un coin.*

Tu t'appelles Léontine?

LA PETITE

Oui.

THÉRÈSE

Quel âge as-tu?

LA PETITE

Quatorze ans. Mais je ne suis pas grosse. On est cinq à la maison, je suis la plus petite...

THÉRÈSE

Je te fais veiller ce soir pour ma robe...

LA PETITE

Oh! Ce n'est pas la première fois, allez. Cette fois, c'est plutôt amusant, le voyage.

THÉRÈSE

Ecoute, je voulais te dire, Léontine, moi aussi, je sais que ce n'est pas vrai ce qu'elles disaient... Moi aussi, je sais que c'est long de travailler, que c'est fatigant, que c'est morne et que cela revient tous les jours.. Alors voilà, je ne sais pas comment te dire cela... Cela va peut-être te paraître bête... Elle vaut si cher cette robe que je ne vais mettre qu'une fois... Tout un an de ton travail chez Lapérouse... Ecoute.

Elle est gênée, elle se penche à son oreille.

Je te demande pardon pour ma robe, Léontine...

Elle la pousse dehors.

Allez, va vite, va vite, maintenant... Et ne fais pas cette tête. Ce n'est pas si drôle, après tout...

La petite se sauve, Mme Bazin la regarde passer par-dessus ses lunettes.

Mme BAZIN

C'est effrayant comme ces petites sont maigres. Mais cela ne m'étonne pas. Je les ai vues faire à Paris; elles déjeunent d'un café-crème et d'un croissant. Elles aiment mieux acheter du rouge à lèvres que des entrecôtes. Moi, je suis vieille maintenant et je suis obligée de suivre un régime, mais quand j'étais jeune, je n'aurais pu pour rien au monde me passer de viande rouge.

Thérèse se détourne brusquement, comme si elle allait lui dire quelque chose; elle rencontre le regard d'Hartman qui sourit derrière sa pipe. Elle s'arrête, sourit aussi.

Mme BAZIN, *rangeant ses affaires.*

Là, j'ai terminé mon rang. Je mets longtemps à les faire, ces tricots; et je saute des mailles par-ci par-là —

je n'ai jamais été bonne ouvrière. Mais les pauvres vous sont si reconnaissants quand ils savent qu'on les a faits soi-même!

A Marie.

Toi qui veux nous faire croire que tu es obligée d'entrer dans un bureau pour avoir davantage d'argent de poche, tu sais pourtant bien que si tu avais voulu tricoter avec moi pour les pauvres je t'aurais donné cinq cents francs par chandail. Et au moins, comme cela, nous aurions fait toutes deux une bonne action.

Marie hausse les épaules sans répondre. On sent que c'est une vieille discussion épuisée.

Enfin! ces petites filles modernes n'ont pas comme nous le souci de la charité. Nous, on nous avait habituées à nous faire beaucoup de mauvais sang pour les malheureux. Elles? Elles ne pensent qu'à leurs babioles.

Elle se lève.

Je m'en vais voir mes rosiers avant qu'il fasse tout à fait nuit. J'ai une espèce extrêmement fragile, qui m'a coûté les yeux de la tête et qui me tracasse beaucoup. Vous me rappellerez, Thérèse, pour la petite cape? Tu m'accompagnes, petite?

MARIE *se lève.*

Si vous voulez, ma tante.

Mme BAZIN, *sortant, appuyée sur son épaule.*

Tu vois, hé bien! ces pauvres diables manquent toujours tellement de lainages en hiver, que si tu avais voulu tricoter avec moi, j'aurais été jusqu'à mille francs par chandail.

> *Elles sont sorties.*

HARTMAN *sourit à Thérèse.*

Hum! je crois que cette fois nous avons été tout près de l'intervention vengeresse...

THÉRÈSE *baisse la tête, sourit.*

Moi, cela ne me fait plus rien. Seulement, j'ai eu honte à cause de cette petite... Je suis sotte.

HARTMAN, *grave.*

Vous n'êtes jamais sotte, Thérèse.

> *Un silence. Ils écoutent. On entend Florent qui joue à côté.*

THÉRÈSE *murmure, avec un sourire plein de tendresse.*

Il joue bien. Il est heureux, n'est-ce pas? Je m'applique.

HARTMAN

Il est heureux.

THÉRÈSE

Je veux croire en lui, Hartman, je veux croire en eux... Je veux comprendre, tout comprendre. Avant, je n'essayais jamais de comprendre. Je disais : je suis trop jeune, je comprendrai quand je serai vieille. Je voulais pouvoir me révolter de toutes mes forces. Maintenant...

HARTMAN

Maintenant?...

THÉRÈSE *sourit.*

J'essaie...

Un silence.

Mais pourquoi sont-ils si charmants, si clairs et si durs sans le savoir?

HARTMAN

Madame Bazin a toujours vécu dans ses belles maisons, avec ses rosiers et ses petits ouvrages...

THÉRÈSE

Marie est sûrement bonne et pure, mais je la sens tranchante comme du cristal. Elle me fait peur.

HARTMAN

Elle vient de sortir de son collège, sans honte, sans chair, avec mille idées toutes neuves...

THÉRÈSE, *avec un pauvre sourire.*

Et lui?

HARTMAN *a un geste.*

Il est lui.

THÉRÈSE

Vous les avez écoutées tout à l'heure. Elles n'ont pas dit une mauvaise parole. Elles n'ont pas parlé une fois de leur intérêt ou de leurs privilèges, et pourtant comme tout ce qu'elles ont dit avec la conscience que c'était juste et bon, était impitoyable... J'essaie de bavarder avec Marie souvent; rien ne devrait plus se ressembler que deux filles du même âge. C'est cocasse, nous ne trouvons rien à nous dire. Madame Bazin me donne quelquefois des conseils sur la vie. C'est moi qui me sens une petite vieille à côté d'elle, c'est moi qui ai peur de lui en apprendre trop.

HARTMAN *lui a pris la main.*

Comme vous dites cela avec calme, maintenant!...

THÉRÈSE *sourit.*

J'ai tant crié!... Oh! ces six jours, ces six horribles jours... Quelquefois, dans moi, c'était comme un cheval qui se cabrait...

Un temps. Elle rêve un peu.

Il s'est sauvé. Il court. Il est loin déjà... Il ne faut pas le regretter, c'était sûrement une mauvaise bête.

HARTMAN

Ne dites pas cela, Thérèse. C'était un bon cheval, fier et noir, magnifique... Mais il ne faut pas regretter, non, de l'avoir laissé se sauver, puisque c'était le prix de votre bonheur. Ce sale bonheur qu'il voulait fuir de toutes ses forces, vous vous souvenez? Je suis sûr qu'il a déjà commencé à vous envelopper, à vous faire vivre, ce sale bonheur...

THÉRÈSE

C'est vrai J'ai besoin de leur chaleur, maintenant qu'ils m'ont enlevé la mienne... Mais comme c'est une comédie étrange, leur bonheur!

HARTMAN

Il faut apprendre votre rôle.

THÉRÈSE

Je l'apprends de toutes mes forces. Je me sens déjà baignée de facilité, de douceur. Je me sens moins dure, moins pure aussi... Je sens la quiétude qui fait ses sûrs ravages en moi, chaque jour, comme un vice. Je ne cherche plus le fond des choses : je comprends, j'explique, j'exige peu... Je deviens sans doute aussi moins vulnérable. Bientôt toutes mes peines seront parties se cacher en rampant sous des pierres et je n'aurai plus que des douleurs d'oiseau comme eux.

HARTMAN

Vous dites « bientôt »? Elles ne sont pas toutes parties encore?

THÉRÈSE *sourit encore.*

Chut! Ecoutez comme il joue...

> *Un silence, la musique.*

Comme tout est facile quand il joue. Je suis comme un petit serpent qui a perdu toutes ses dents venimeuses... Je n'ai plus qu'à attendre de devenir vieille en l'écoutant jouer, comme cela. Ecoutez... Chaque note remet quelque chose à sa place idéale... Ah! c'est une organisation merveilleuse et redoutable, Hartman, que leur bonheur! Le mal devient un mauvais ange qu'on combat joyeusement pour se donner de l'exercice et qu'on terrasse toujours. La misère, une occasion de se prouver sa bonté en étant charitable... Le travail, comme disait l'autre tout à l'heure, un passe-temps agréable pour les oisifs... L'amour... cette joie lisse, sans sursauts, sans doutes, sans déchirements. Ecoutez comme il joue, Hartman, sans rien se demander jamais. Je ne suis qu'une joie parmi ses autres joies. Dès qu'il a cru qu'il m'avait enfermée dans son bonheur — sa petite larme versée — il n'a plus jamais douté de rien. Il est sûr de moi comme de toutes choses.

Elle ajoute tout bas.

... Moi qui suis si peu sûre de moi, pourtant.

HARTMAN

Il vous aime, Thérèse.

THÉRÈSE

Je veux le croire, Hartman, je veux le croire de toutes mes forces — mais cette larme qu'il a versée sur moi et que j'ai cueillie au bout de mon doigt, si seulement j'avais pu la conserver dans une petite boîte... Elle s'est séchée et maintenant je n'ai plus rien.

HARTMAN

Vous avez votre anxiété et votre amour... C'est la plus belle part.

THÉRÈSE

Hartman, il n'en a même pas besoin, de mon amour, il est bien trop riche!...

Elle s'est dressée, elle crie.

Oh! mais je ne suis pas tout à fait apprivoisée encore et il y a des choses que je ne veux pas comprendre...

Soudain elle s'arrête surprise. La fille de cuisine passe lentement sur la terrasse, dévorant Thérèse des yeux. On sent qu'elle a peur, qu'elle est dans une partie du jardin qui lui est interdite. Quand Thérèse s'est retournée, elle s'est sauvée, en balbutiant, confuse.

LA FILLE DE CUISINE

Oh! pardon, Mademoiselle. Je passais...

HARTMAN *va à Thérèse.*

Vous n'avez jamais remarqué son manège? Chaque soir, elle passe pour vous dans cette partie du jardin qui lui est interdite. Elle risque de se faire gronder ou renvoyer, mais elle est retenue tout le jour à la cuisine et, ne fût-ce que quelques secondes chaque soir, elle veut vous voir, se nourrir de vous. C'est vous peut-être son Bon Dieu.

THÉRÈSE

Moi? C'est grotesque...

HARTMAN

Elle doit vous trouver si belle, si propre, si parfumée, ce petit souillon. Elle doit souffrir pour vous. Elle ne vous a pas une seule minute à elle et elle ne se révolte pas.

THÉRÈSE *balbutie.*

Mais, Hartman...

HARTMAN

Elle vous aime. Et pourtant vous ne lui avez jamais dit un mot pour l'aider à croire. Et, qui sait, elle-même a peut-être un chien attaché dans la cour qui l'attend chaque soir pour se nourrir de son regard et qu'elle ne remarque même pas...

> *Un silence. On entend Florent jouer.*

THÉRÈSE, *doucement.*

C'est bien de m'aider, Hartman. Mais comme il faut racler tout son orgueil pour aimer ainsi.

HARTMAN

Laissez-vous aller. Vous verrez, il dispense mille bonheurs autour de lui, si on sait les recevoir humblement. Peu à peu un étrange travail se fera en vous. Laissez-vous aller. Vous finirez par penser à leur manière, tout naturellement. J'ai été un être humain, révolté, moi aussi. Mais les jours clairs sont passés sur moi, l'un après l'autre... Vous verrez, peu à peu vous arriverez à ne plus avoir mal du tout. A ne plus rien exiger d'eux, qu'une petite place dans leur joie.

THÉRÈSE, *après un silence.*

Mais c'est un peu comme si on était mort...

HARTMAN

Un peu.

THÉRÈSE

Moi, je l'aime. Je veux bien être une morte près de lui. Mais vous, Hartman? Il m'a dit que vous étiez riche, que vous pourriez vous passer d'être son impresario?

HARTMAN, *doucement.*

J'aime le dieu qui habite ses mains.

Un silence. On entend Florent qui joue toujours.

THÉRÈSE *dit soudain d'une petite voix*
du fond du grand fauteuil où elle est pelotonnée.

Ce qu'il faut, c'est ne jamais penser qu'il y en a d'autres qui vivent, qui se battent, qui meurent... Je resterai toujours ici et quand je sortirai ce ne sera qu'avec eux, dans leurs beaux trains, dans leurs hôtels aux hôtes polis, n'est-ce pas, Hartman?

HARTMAN, *doucement.*

Oui, Thérèse.

THÉRÈSE

Je ne poserai jamais les yeux qu'aux endroits où ils posent les leurs, sur les fleurs, sur les belles pierres, sur les bons visages... Et je deviendrai facile et claire comme eux, sans plus rien savoir.

Elle répète, comme une enfant émerveillée.

Sans plus rien savoir, Hartman; c'est cela qui doit être bon, de ne plus rien savoir.

HARTMAN

Oui, Thérèse.

THÉRÈSE

C'est un truc pour les malins le bonheur, pour les habiles... Mais soyez tranquille, j'apprendrai, moi aussi.

HARTMAN, *avec un peu de nostalgie.*

Oui, Thérèse, vous aussi.

LA FEMME DE CHARGE, *entrant soudain.*

Mademoiselle... Mademoiselle... c'est Monsieur votre père qui vient d'arriver.

THÉRÈSE *est devenue pâle.*

Mon père?

LA FEMME DE CHARGE

Oui, Mademoiselle. Il a l'air affolé... Il est venu en taxi de la gare. Il dit qu'il faut que Mademoiselle le reçoive tout de suite.

HARTMAN

Je vous laisse, Thérèse; si vous avez besoin de moi, je veille tard à ma fenêtre, le soir.

Il sort. Tarde entre affolé. Il fait un grand geste que l'attitude de Thérèse coupe court. La femme de charge les laisse. Tarde recommence le même geste en un peu moins grand.

THÉRÈSE

Eh bien, qu'est-ce qu'il y a?

TARDE

C'est horrible!

THÉRÈSE

Qu'est-ce qui est horrible? Je t'avais défendu de
venir ici.

TARDE

Je te dis que c'est horrible. Ta pauvre mère...

THÉRÈSE

Qu'est-ce qu'elle a?

TARDE

Oh! là là!

THÉRÈSE

Mais parle donc! Elle est blessée, morte?

TARDE

Ou peu s'en faut! Elle est tombée sur le coin du
piano.

THÉRÈSE

Et c'est pour cela que tu viens?

TARDE

Mauvaise fille! Elle est tombée sur la tête, à demi
assommée et pourquoi — tu sais pourquoi? C'est un
homme bafoué qui te parle — elle avait un amant!

THÉRÈSE

Comment?

TARDE

Gosta.

THÉRÈSE

Mais voilà treize ans que tu le sais!

TARDE

J'étais seul à le savoir. Maintenant tout le monde le sait. Une scène publique, un esclandre horrible à l'orchestre, une discussion épouvantable. En te parlant, ton père sent le rouge de la honte qui lui monte au visage... Gosta lui a donné un coup de poing... C'était à cause de toi, naturellement!... Moi, j'étais absent, Dieu merci!

Un temps.

Quand je suis sorti des cabinets...

THÉRÈSE

Tu étais caché dans les cabinets?...

TARDE

Pourquoi caché? J'y étais par hasard. Quand je suis sorti des cabinets, il était parti — en plein concert, encore une fois! — ta mère revenait à elle. Il paraît qu'il a dit qu'il allait tuer ton fiancé. Il a pris son revolver. Tu sais quel homme je suis. J'ai sauté en taxi. Le train. Un second taxi. J'ai dix-sept francs pour le premier taxi, quatre-vingts francs pour le train — c'était un rapide où il n'y avait que des premières et des secondes. Le second taxi depuis la gare : vingt-cinq francs... Il attend à la porte... Dans ma précipitation, je n'ai pas pris un sou sur moi...

> *Il tapote ses poches pour la forme. Un silence, elle ne bouge pas. Il recommence à tapoter ses poches.*

Le compteur marche... Si tu peux me donner... Je vais toujours régler...

THÉRÈSE *lui crie soudain.*

Je te le donnerai ton argent. Tais-toi un peu!

TARDE *ne tient pas en place à cette pensée.*

C'est que... le compteur tourne, fillette...

THÉRÈSE

Laisse-le tourner.

TARDE

Tu me reçois bien mal. Tu aurais pu me remercier de manquer une représentation pour venir t'avertir de ce danger. Tu n'as pas quitté le métier depuis si longtemps, tu sais comme un remplacement est toujours mal vu de la direction... Gosta remplacé, moi aussi... Ta mère, la tête entourée de gaze et de bande Velpeau... Nous nous ferions renvoyer de là aussi, que je n'en serais pas autrement surpris...

THÉRÈSE *le supplie presque.*

Tais-toi, dis, tais-toi. Je te donnerai tout l'argent que tu voudras.

TARDE

Je me tais.

THÉRÈSE, *après un silence.*

Gosta a été très malheureux depuis que je suis partie?

TARDE

Un déchet. Il n'arrête plus de boire. Il ne battait même plus ta mère... C'est te dire! Je vais te faire rire : un soir, je l'ai trouvé pleurant comme un veau dans un coin sur la petite couverture ouatinée que tu mettais sur ton violon... Tu sais, la petite couverture de satin rouge qu'il t'avait donnée, quand tu étais encore enfant.

THÉRÈSE

C'est vrai, papa?

TARDE

Quel original! Il s'est battu deux fois à cause de toi. La première fois avec le père Lebonze le jour de notre départ, parce qu'il avait dit je ne sais plus trop quoi sur ton compte. Entre nous, je t'avouerai que je n'étais pas fâché qu'il lui rive son clou, au père Lebonze. Tu sais que cet animal-là ne nous a pas payé tout ce qu'il nous devait? Nous l'avons traîné aux prud'hommes... Mais enfin, cela, c'est une autre histoire. La seconde fois, c'est avec le garçon de café du Royal. Tu sais, le grand brun qui avait l'air voyou? Il lui avait demandé en rigolant de tes nouvelles... Ç'a été terrible, cette fois-là. Gosta tenait un siphon, l'autre avait sorti son couteau. Cela s'est terminé au commissariat. Tu vois la réputa-

tion que cela fait à l'orchestre! Moi qui me donne tant
de mal... Enfin! après ce coup-là je pensais qu'on allait
être tranquille; pas du tout, voilà que cet après-midi,
c'est ta mère, cette imbécile, qui lui a dit que tu étais
certainement très heureuse ici.

THÉRÈSE

C'est pour cela, papa, qu'il l'a battue?

TARDE

Pour cela, fifille. Ah! C'est ce qu'on appelle un gail-
lard irascible!

THÉRÈSE

Mais enfin, qu'est-ce que cela peut lui faire que je
sois heureuse!

TARDE

J'allais te le dire, fifille!

Il est soudain inquiet.

Mais écoute, il est peut-être inutile tout de même
que le taximètre tourne si longtemps. Si tu peux me
donner...

THÉRÈSE *crie soudain, angoissée.*

Pourquoi es-tu venu me dire tout cela, papa?

TARDE

Tu plaisantes. Tu es ma fille. Il est mon gendre, enfin,
mon futur gendre. Je n'allais pas vous laisser massacrer.
Il faut appeler sur-le-champ les gendarmes... Person-

nellement, je ne te cache pas que je préfère qu'il ignore ma visite. Aussi, si tu peux me donner... J'ai justement un train dans une demi-heure...

> *Un silence. Il ajoute malgré lui.*

... et le taxi est à la porte. Je n'aurai pas de nouvelle prise en charge parce que, comme je te le disais, il n'a pas arrêté son...

> *Il fait le geste.*

THÉRÈSE *lève la tête, égarée, elle n'écoutait pas.*

Hein?

> TARDE *répète avec effort.*

Je disais que si je reprenais le taxi tout de suite pour partir, je n'aurais pas de nouvelle prise en charge parce que, depuis tout à l'heure, le compteur n'a pas cessé de tourner... Au ralenti, c'est vrai, mais de tourner tout de même...

> THÉRÈSE *ne l'a pas écouté encore, elle balbutie.*

Pourquoi es-tu venu, papa? Ce n'est déjà pas si commode, tu sais, d'arriver à être heureuse.

> TARDE

Mais tu es drôle, fillette; si je suis venu malgré le danger et la dépense, c'est que j'ai pensé que c'était mon devoir. Si tu peux me donner dix-sept... plus quatre-vingts... plus quinze.

> THÉRÈSE

Tiens, voilà deux cents francs. Tais-toi...

TARDE

Mais, c'est qu'il y a le retour, ma petite fille...

THÉRÈSE

Tiens, tiens...

TARDE

Mais tu sais que tu me donnes trop maintenant!...

> *Il fait encore semblant de se fouiller.*

Je n'ai pas de monnaie sur moi. Faudra-t-il que je te renvoie le reliquat par mandat-poste? Je te redois une soixantaine de francs...

THÉRÈSE

Il pleurait sur ma petite couverture rouge, papa?

TARDE *pouffe.*

Comme un veau, fifille, comme un veau!

> *Il voit que Thérèse ne rit pas, il rectifie.*

Enfin, comme un homme désespéré.

> *Son inquiétude le reprend.*

... un homme désespéré qui sera là dans cinq minutes. Tu sais comme c'est vite fait de nos jours et comme avec ces pistolets automatiques on est peu regardant sur le nombre de cadavres. Le père, la mère, tout y passe avec la fillette. Je t'assure que tu devrais prendre une décision...

> *Il tire sa montre*

Quant à moi, si je ne veux pas rater mon train...

THÉRÈSE *murmure.*

Gosta est en marche, lui aussi, papa... Tous les personnages de mon passé seront venus ici les uns après les autres pour me reprendre.

TARDE

J'espère bien, ma petite fille, qu'en arrivant ici ce qu'il va trouver, c'est deux pandores qui lui mettront la main au collet! Les pleurnicheries, c'était déjà ridicule, mais enfin, cela passait encore. Mais les batailles pour toi, le départ avec le révolver... Qu'est-ce qu'il se figure, ce coco-là?

THÉRÈSE

C'est vrai, papa, qu'est-ce qu'il se figure, qu'est-ce que vous vous figurez tous?

TARDE

C'est l'amant de ta mère. Bon. Qu'il le lui fasse à elle son drame passionnel s'il en a envie! Mais toi, ma toute mignonne, venir te relancer jusque chez ton fiancé... Le soir où tu essaies ta chaste robe blanche... Elle est merveilleuse! Mais je finis par douter de tout, moi! Tu es certaine que tu n'avais jamais couché avec lui?

THÉRÈSE *sourit malgré elle.*

Certaine, papa. Je ne lui ai pas parlé trois fois gentiment.

TARDE

Alors, qu'espère-t-il? Quand il aura tiré ses coups de revolver ici, qu'il atteigne ou non ton fiancé, où en sera-t-il? Quel avantage cela lui aura-t-il procuré?

THÉRÈSE

Celui de me perdre enfin d'une façon irrémédiable, papa. Celui d'être enfin arrivé tout au bout de son mal. Vous ne le savez pas, vous autres, mais tout au bout du désespoir, il y a une blanche clairière où l'on est presque heureux.

TARDE

Un drôle de bonheur!

THÉRÈSE

Oui, papa, un drôle de bonheur qui n'a rien de commun avec votre bonheur à tous. Un affreux bonheur. Un sale, un honteux bonheur.

Elle crie soudain; prise de panique, elle s'accroche à lui.

Mais je n'en veux plus, je n'en veux plus de celui-là, papa! Je veux être heureuse, moi aussi! Je veux être heureuse comme les autres! Je ne veux plus rien savoir de vous...

LA FEMME DE CHARGE *entre.*

Mademoiselle. C'est encore un Monsieur qui vous demande.

TARDE *hurle.*

Un Monsieur comment, un Monsieur comment, nom de Dieu? Un Monsieur comment?

GOSTA *est entré.*

C'est moi, Thérèse.

THÉRÈSE, *à la femme de charge.*

Laissez-nous.

La femme de charge sort.

GOSTA, *sourdement, sans bouger.*

Où est ton fiancé? j'ai à lui parler...

Il a fait un pas, Tarde recule et gueule, les mains en l'air.

TARDE

Ah! non, pas moi! Pas moi, Gosta! Je n'ai rien fait, moi, je suis là par hasard, par hasard, tout à fait par hasard.

Il veut crier, mais sa voix se casse.

Au secours!

GOSTA

Ta gueule, toi.

TARDE *passe derrière Thérèse.*

C'est cela, ma gueule, ma gueule... Tu as raison, Gosta, ma gueule. Je n'y suis pour rien. Je n'ai qu'à me taire.

GOSTA

Où est ton fiancé?

THÉRÈSE

Sors ta main de ta poche, Gosta.

GOSTA

Où est ton fiancé? il faut que je lui parle.

THÉRÈSE

Sors ta main de ta poche; tu entends, je t'ordonne de sortir ta main de ta poche.

TARDE, *dans son coin.*

C'est cela, qu'il sorte sa main de sa poche.

GOSTA

Où est ton fiancé, Thérèse? je te dis qu'il faut que je lui parle.

THÉRÈSE *lutte avec lui.*

Sors ta main de ta poche, je le veux. Sors ta main de ta poche et donne-moi ça.

TARDE, *de loin.*

Sois prudente, fillette, sois prudente.

GOSTA, *essayant de la repousser.*

Laisse-moi, Thérèse.

THÉRÈSE, *qui lutte.*

Tu me le donneras...

GOSTA

Mais laisse-moi, bon Dieu...

THÉRÈSE

Ne te débats pas, tu vas me blesser... Lâche-le, Gosta, ou je me fais partir le coup dans le ventre... C'est cela que tu veux, n'est-ce pas? C'est cela que tu veux?

Elle lui a arraché le revolver.

TARDE

Ouf!...

THÉRÈSE

Regarde-moi, maintenant.

GOSTA, *la tête baissée.*

Non.

THÉRÈSE, *dure.*

Regarde-moi, Gosta.

GOSTA *lève la tête.*

Quoi?

THÉRÈSE

Tu voulais le tuer?

GOSTA

Oui.

THÉRÈSE

Pourquoi?

Un silence, Gosta détourne les yeux.

Réponds. Pourquoi?

GOSTA

Je ne sais pas.

TARDE *explose, il est rassuré.*

Ah! ça, alors, c'est magnifique! Il ne sait pas!...
Donne-moi ce pétard, fifille, donne-moi ce pétard...

Un silence encore.

GOSTA *murmure, soudain.*

Je suis une brute d'être revenu, Thérèse. Appelle
ton fiancé pour qu'il me flanque à la porte avec un
coup de pied au derrière. Je ne mérite pas autre chose.

THÉRÈSE, *dure.*

Je ne veux pas qu'il sache que quelqu'un s'est cru
assez de droits sur moi pour venir ici me faire une
scène. Va-t'en tout seul.

GOSTA

Tu as raison. Je ne vaux même pas la peine d'un
esclandre.

THÉRÈSE, *doucement.*

Je ne t'aime pas, Gosta. Je ne t'ai jamais aimé. Même
si je ne l'avais pas rencontré, lui, je n'aurais jamais pu
t'aimer. Est-ce que tu as pensé cela en venant ici?

GOSTA

Oui, je l'ai pensé.

THÉRÈSE

Et tu es venu quand même?

GOSTA

Voilà une demi-heure que j'hésite devant la grille...

THÉRÈSE

Pourquoi es-tu entré? Je ne veux pas te voir. Je suis heureuse ici, tu entends. Je suis heureuse et je l'aime. Je ne veux plus avoir affaire avec ta peine et ta misère. Je l'aime, tu entends, Gosta; je l'aime... Qu'est-ce que tu es venu faire ici avec ton malheur à bout de bras? Et d'abord, pourquoi te permets-tu de sourire quand je te dis que je l'aime et que je suis heureuse? Tu es laid, Gosta, tu es vieux, tu es paresseux. Tu disais toujours que tu aurais pu faire mieux que les autres, mais tu n'as jamais rien fait...

GOSTA, *qui la regarde intensément.*

Non, Thérèse.

THÉRÈSE

Tu bois parce que quand tu es saoul il te semble que tu pourrais faire quelque chose et tout ton argent y passe. Tu n'as plus un costume à te mettre et de cela aussi tu es fier parce que tu crois qu'un veston troué au coude et plein de taches, c'est la défroque du génie... Hé bien, ce courage, cette force dont tu te crois plein, ce serait peut-être d'essayer de ne plus boire et de t'acheter des souliers, Gosta...

TARDE

Fifille, fifille, ne l'exaspère pas...

THÉRÈSE

Tes mains tremblent, sur le clavier. Tu accroches les notes de plus en plus, n'est-ce pas? Hé bien, ton amour, ton grand amour de la musique, ce serait peut-être de ne plus boire pour te guérir et de travailler tous les jours, Gosta.

GOSTA, *qui la regarde toujours.*

Oui, Thérèse.

THÉRÈSE

Ton amour pour moi, ç'aurait peut-être été aussi de ne pas venir. Tu as pris ce revolver et tu t'es mis en marche en te croyant un justicier... Hé bien, ta justice, je vais te dire ce que c'était, moi, si tu ne l'as pas compris tout seul : c'était ta haine. Ta haine de raté pour tout ce qui est plus beau, plus réussi que toi!

GOSTA *crie soudain.*

Ce n'est pas vrai, Thérèse!

THÉRÈSE

Si, c'est vrai.

Elle crie soudain.

Tu crois que je ne sais pas tout ce que tu penses?

Tout ce que tu penses je le sais, je le sais mieux que toi, Gosta!

> *Un temps. Gosta a baissé la tête. Elle continue plus bas d'une étrange voix rauque.*

Quel orgueil, quelle vanité odieuse! Je veux bien te plaindre, avoir pitié de toi, mais si tu as cru que notre misère, notre poisse, notre crasse étaient des titres de noblesse, tu t'es trompé.

GOSTA, *sourdement.*

C'est toi qui dis tout cela, Thérèse?

THÉRÈSE

Oui, c'est moi. Oui. Qu'est-ce que tu as à me dire encore?

GOSTA

Rien, Thérèse. Tu as raison.

THÉRÈSE

Alors, va-t'en. Allez-vous-en tous les deux. Je veux être heureuse et ne jamais plus penser à vous. Vous êtes malheureux, mais cela m'est égal. Je m'en suis tirée, moi! Vous êtes laids, vous êtes sales, vous êtes pleins de sales pensées et les riches ont bien raison de passer vite à côté de vous dans les rues... Allez-vous-en, allez-vous-en vite que je ne vous voie plus...

> *Elle criait, elle s'écroule brusquement en sanglots en gémissant.*

Mais allez-vous-en donc! Vous voyez bien que je n'en peux plus de vous porter dans mon cœur.

Elle a glissé par terre, elle sanglote comme une enfant. Les deux hommes la regardent interdits, les bras ballants, sans oser rien faire... La musique, qui avait cessé, reprend. Gosta écoute longtemps; les sanglots de Thérèse se sont tus. Tarde aussi arrondit le dos et écoute. Au bout d'un moment Gosta se retourne et demande.

GOSTA

Qui est-ce qui joue là?

THÉRÈSE, *doucement.*

C'est lui.

GOSTA, *après un silence.*

C'est de lui ce qu'il joue?

THÉRÈSE

Oui, c'est de lui.

GOSTA *demande encore après un autre silence.*

Comment peut-il faire?

THÉRÈSE

Il fait tout comme cela, Gosta; sans se donner de peine, sans rater, sans recommencer, sans souffrir.

Un silence encore, la musique les enveloppe.

GOSTA

Comment peut-il faire, Thérèse? Moi, je cherche, j'efface, je rature et tout s'échappe entre mes mains.

> *Un silence encore, plein de musique. Gosta*
> *bouge enfin, va à Thérèse.*

Il faut que tu nous oublies, petite... je comprends
maintenant qu'on n'aurait jamais dû revenir te montrer
nos sales têtes. Mais cela ne va plus être long... On va
passer dans le jardin, tu vas nous voir marcher encore
jusqu'à la limite de la lumière et puis après, tu ne
verras plus que la nuit. Ce sera fini. On sera morts, et
tu pourras enfin être tranquille...

> *Ils écoutent encore la musique qui s'affirme.*
> *Soudain Gosta s'arrache au sortilège, va jusqu'à*
> *la porte.*

Thérèse, un jour, plus tard... si la conversation s'y
prête... Tu lui diras que j'étais venu pour le tuer et
puis que je suis reparti.

TARDE, *qui l'a suivi, soudain vieilli, usé, minable.*

Tu lui diras aussi, fifille, que j'y ai bien repensé à
cette histoire d'argent et que je tâcherai de lui en
rendre une partie...

> *La vendeuse et ses ouvrières reviennent avec*
> *la robe. Tarde les voit, prend le bras de Gosta.*

Allez, filons maintenant nous deux. On n'a pas besoin
de nous voir ici.

> *Il entraîne Gosta, ils disparaissent.*

LA VENDEUSE, *soudain vivante, bruyante, bavarde.*

Voilà. Je vous ai fait attendre, Mademoiselle. Je vous
demande pardon. Nous allons nous dépêcher d'ajuster
la petite cape pour que vous puissiez juger de l'effet

de l'ensemble... Sans elle, on ne peut rien voir. Aide-moi, toi, voyons...

Elles travaillent.

Cela va être sans doute une très belle cérémonie...

THÉRÈSE, *qui va parler maintenant
comme une somnambule.*

Très belle, oui.

LA VENDEUSE

Quelle est la couleur des demoiselles d'honneur?

THÉRÈSE

Rose.

LA VENDEUSE

Ah! Monsieur Lapérouse a été navré de ne pas être chargé de leurs robes... Je dois dire qu'il avait une idée extrêmement séduisante... Mais il a très bien compris les scrupules de Mademoiselle France. Elles sont six, je crois?

THÉRÈSE

Six, oui.

LA VENDEUSE

Cela va être délicieux... On arrive à faire des cérémonies d'un style tout à fait spécial et réellement exquis dans ces petites églises de campagne. Il y aura sans doute des petits enfants pour la traîne? On aime tant cela de nos jours...

THÉRÈSE

Quatre petits enfants...

LA VENDEUSE

Comme cela va être joli! Et puis les fleurs, la musique... Vous allez sans doute faire un très beau voyage après? Oh! je suis extrêmement indiscrète, pardonnez-moi...

THÉRÈSE

La Suisse et l'Italie...

LA VENDEUSE

La Suisse et l'Italie. Croyez-moi, c'est classique, mais c'est ce qu'il y a de plus beau. Quel merveilleux bonheur!

THÉRÈSE *répète doucement.*

Quel merveilleux bonheur, oui...

Elle tressaille soudain, s'échappe de leurs mains.

Ecoutez, laissez-moi seule un instant... S'il vous plaît. Laissez-moi seule...

LA VENDEUSE *s'est relevée, interloquée.*

Mais, Mademoiselle...

THÉRÈSE

Laissez-moi, dites, laissez-moi. Elle va très bien cette robe... Laissez-moi...

LA VENDEUSE

Mais, Mademoiselle, nous n'avons pas fini l'essayage et notre train est dans une demi-heure...

THÉRÈSE

Je vous assure qu'elle va très bien et puis cela n'a pas tellement d'importance... Montez à la lingerie, je vous rejoins. Je vous rejoins, je vous assure que je vous rejoins... et que je fais tout ce que vous voulez après... mais laissez-moi... Laissez-moi un peu.

LA VENDEUSE, *pincée.*

C'est comme Mademoiselle voudra. Nous finirons tout cela là-haut

> *Elle passe sa contrariété sur la petite.*

Allons, ramasse tes épingles, toi! Tu veux donc nous faire rater le train?

> *Elles sont sorties. Un silence. Thérèse enlève sa couronne de mariée et sort brusquement. A côté, la musique s'arrête. Un temps. Florent paraît.*

FLORENT

A qui parlais-tu, Thérèse?

> *Il ne la voit pas. Il regarde dehors; quand il revient, elle rentre avec son manteau, sans chapeau, elle tient la robe blanche, elle la pose sur un fauteuil.*

Je te cherchais... Où vas-tu, ma chérie?

THÉRÈSE

Je voulais faire un petit tour d'une minute dans le parc.

FLORENT

Tu as mis ton manteau? Mais il fait chaud...

THÉRÈSE, *doucement.*

J'ai un peu froid.

FLORENT *l'attire à lui.*

Tu sais que j'ai arrêté avec Hartman tous les détails de notre voyage, cet après-midi. Cela a été très compliqué. Je voulais t'emmener dans tous les endroits que j'avais aimés... Nous ne serions jamais revenus de ce voyage... Pourtant, je sais déjà un rocher au bord du lac de Lucerne où il faudra que tu viennes t'asseoir avec moi le matin avant que le soleil soit tout à fait levé... Je sais aussi le portrait d'une petite princesse de la Renaissance qui te ressemble et que nous irons voir ensemble au Musée des Offices...

THÉRÈSE

Oui, mon chéri.

FLORENT

Ah! je suis heureux, ce soir... Il fait si beau... Et toi?

THÉRÈSE *sourit avec effort.*

Moi aussi, mon chéri. Tu travaillais?

FLORENT

Tu as écouté? L'Andante vient bien...

THÉRÈSE

Va jouer encore, mon chéri, s'il te plaît...

FLORENT

Tu m'écouteras du jardin?

THÉRÈSE

Oui, mon chéri, va vite jouer... Tu en meurs d'envie, je le vois à tes yeux.

> **FLORENT** *part après un petit baiser.*

Cela vient bien, tu sais... Je suis heureux...

THÉRÈSE

Oui, mon chéri...

> *Quand il est sorti, Thérèse reste une minute sans bouger, puis elle dit doucement.*

Tu comprends, Florent, j'aurai beau tricher et fermer les yeux de toutes mes forces... Il y aura toujours un chien perdu quelque part qui m'empêchera d'être heureuse...

> *La musique reprend à côté. Elle a fait une carosse à la belle robe blanche, un geste inache-vé... Elle murmure, tournée vers le salon où joue Florent comme si elle avait encore beaucoup de choses à dire.*

Tu sais...

Mais elle se détourne brusquement et s'enfonce
dans la nuit. La belle robe de mariée reste seule,
blancheur éblouissante dans l'ombre. Hartman est
apparu sans qu'on s'en aperçoive en haut des
marches. Il a regardé s'en aller Thérèse sans un
mot. Un silence. Il doit la suivre du regard là-bas
à travers les vitres, dans la nuit du parc. Il mur-
mure enfin :

HARTMAN

Et elle part, toute menue, dure et lucide, pour se
cogner partout dans le monde...

La musique s'affirme à côté.

L'invitation
au château

Acted at 'The Burn'
with a french drama
group from Stirling
University.

Saturday 29th September.

L'Invitation au Château *de Jean Anouilh a été repré-
sentée pour la première fois au théâtre de l'Atelier, en
1947, dans une mise en scène d'André Barsacq, dans
des décors et des costumes d'André Barsacq, avec, par
ordre d'entrée en scène : Michel Bouquet, Henri Gaul-
tier, Marie Leduc, Maurice Méric, Catherine Kath, Lise
Berthier, Marcelle Arnold, Marcel Perès, Robert Vattier,
Madeleine Geoffroy, Dany Robin.*

PERSONNAGES

HORACE ⎫
FRÉDÉRIC ⎭ *jumeaux.*

Mme DESMERMORTES, *leur tante.*

LADY DOROTHÉE INDIA, *leur cousine.*

DIANA MESSERSCHMANN.

MESSERSCHMANN, *riche financier, père de Diana.*

✱ PATRICE BOMBELLES, *son secrétaire.*

ROMAINVILLE, *homme du monde.*

✱ ISABELLE, *petite danseuse de l'Opéra.*

SA MÈRE.

Mlle CAPULAT, *lectrice de Mme Desmermortes.*

JOSUÉ, *maître d'hôtel.*

scène five.

PREMIER ACTE

Un jardin d'hiver rococo — des peluches jaunes, des plantes vertes, des vitres, du fer forgé — largement ouvert sur un parc. Entrent Josué, le maître d'hôtel et Horace. Il a un gros cigare, l'air d'un jeune viveur.

HORACE

Et cette nuit, la même chose?

JOSUÉ

J'ai le regret de devoir le dire à Monsieur Horace, oui.

HORACE

Il a encore couché sous ses fenêtres?

JOSUÉ

Oui, Monsieur Horace. Depuis cinq jours, que nous le voulions ou non, c'est un fait : la chambre de Monsieur Frédéric est dans le massif de rhododendrons sur la face sud de l'aile gauche, au pied de la statue de

Calliope. Le jardinier trouve chaque matin ses fleurs
saccagées, la femme de chambre, le lit intact. Je calme
l'un et l'autre depuis cinq jours. Je me dépense, je me
multiplie, mais je connais mon monde : le torchon brûle
sous le boisseau. Un jour ou l'autre, ils parleront et
Madame saura.

HORACE

Vous avez déjà été amoureux, Josué?

JOSUÉ

Je suis au service de Madame depuis plus de trente
ans, Monsieur Horace. Et d'ailleurs maintenant je suis
trop vieux.

HORACE

Et avant?

JOSUÉ

J'étais trop jeune.

HORACE

Moi, mon cher, j'ai juste l'âge et j'ai souvent été
amoureux. Mais aussi stupidement que mon frère,
jamais.

JOSUÉ

Monsieur Frédéric aime comme un jeune homme.

HORACE

Il a pourtant le même âge que moi.

JOSUÉ

Selon la loi, qui veut que de deux jumeaux, l'aîné soit le second venu, Monsieur Frédéric est même l'aîné. Mais la loi a beau dire, Monsieur a tout de même vu le jour avant Monsieur Frédéric.

HORACE

Je suis né dix minutes avant mon frère, c'est vrai. Mais je ne pense pas que ce soit cette légère avance qui m'ait mûri. Frédéric se conduit comme un enfant.

JOSUÉ

Cette jeune demoiselle le mènera loin.

HORACE

Pas si loin que cela, Josué! J'ai mon plan.

JOSUÉ

Si Monsieur Horace a son plan, je suis tranquille.

HORACE

Pas un mot, mon cher. Je me suis levé tôt ce matin, parce que je suis décidé à agir. Le jour qui vient nous réserve d'étranges surprises. Cette aube nous promet du nouveau. Quelle heure est-il?

JOSUÉ

Midi, Monsieur Horace.

HORACE

Nous serons fixés à midi trente.

*Il sort. Au même moment entre Frédéric. C'est
le même acteur.*

FRÉDÉRIC

Josué!

JOSUÉ

Monsieur Frédéric?

FRÉDÉRIC

Mademoiselle Diana est-elle descendue?

JOSUÉ

Pas encore, Monsieur Frédéric.

FRÉDÉRIC

Ai-je l'air fatigué, Josué?

JOSUÉ

Si Monsieur me permet d'être franc, oui, Monsieur
a l'air fatigué.

FRÉDÉRIC

Vous vous trompez, Josué, je n'ai jamais passé une
si bonne nuit!

JOSUÉ

Je me dois d'avertir Monsieur que le jardinier a
l'intention de poser des pièges à loups dans les rhododendrons, la nuit prochaine.

FRÉDÉRIC

Qu'il les pose. Je m'étendrai dans les zinnias.

JOSUÉ

Quant à la femme de chambre qui s'occupe de l'aile gauche, elle n'a pas été sans manifester sa surprise. Elle est venue me trouver toute désemparée...

FRÉDÉRIC

Qu'elle se calme, Josué. Vous lui recommanderez dorénavant de défaire d'abord mon lit le matin en s'y étendant au besoin elle-même...

JOSUÉ, *indigné.*

Oh! Monsieur Frédéric...

FRÉDÉRIC

Pourquoi pas? elle est charmante. Et puis de le refaire quand il sera défait. Ainsi tout sera dans l'ordre.

JOSUÉ

Bien, Monsieur Frédéric.

Il sort.

Entre Diana. Frédéric se précipite au-devant d'elle.

FRÉDÉRIC

Diana! Quelle joie de vous revoir! Hier est si loin!

DIANA *s'arrête et le regarde.*

Est-ce vous?

FRÉDÉRIC, *avec un reproche tendre.*

Oh! Diana. Comment pouvez-vous me demander?...

DIANA

Ah! non. Vous avez repris vos yeux de petit chien perdu. C'est bien vous. Vous aviez l'air si triomphant que j'ai cru un moment que c'était votre frère.

FRÉDÉRIC

Si vous me préfériez Horace, je mourrais...

DIANA

Cher Frédéric! Croyez bien que cela ne pourrait arriver que par inadvertance. Vous vous ressemblez tellement!

FRÉDÉRIC

Nos cœurs ne se ressemblent pas.

DIANA

Non, c'est vrai. Mais supposez que je sois seule dans le parc un soir; les branches craquent derrière moi, c'est votre pas; des bras m'enveloppent, ce sont vos bras; des lèvres me pressent, ce sont vos lèvres... Vous comprenez qu'il me reste vraiment trop peu de temps pour savoir si le cœur correspond bien à cet ensemble.

FRÉDÉRIC

Mais Diana, je ne vous ai jamais embrassée ainsi dans le parc!...

DIANA

Vous en êtes bien sûr, Frédéric?

FRÉDÉRIC

Diana! Mon frère profite odieusement de notre ressemblance. Il me trahit. Il faut que je le trouve, il faut que je lui parle!...

DIANA *éclate de rire et l'arrête.*

Cher Frédéric! Cher bouillant, petit, Frédéric! C'était seulement une supposition. Personne ne m'a jamais embrassée dans le parc.

FRÉDÉRIC

Pouvez-vous me le jurer?

DIANA

Certainement, Frédéric. Je puis étendre la main, cracher sur les tapis de Madame votre tante. Si vous connaissez d'autres signes pour dénoncer la vérité, dites-les moi.

FRÉDÉRIC *baisse la tête.*

Pardon, Diana. Je vous crois, bien entendu.

DIANA *le regarde.*

Le petit chien dont vous avez les yeux, est tout à fait perdu, cette fois. Il ne retrouvera jamais son chemin.

FRÉDÉRIC

Si mon frère vous aimait, je me tuerais.

DIANA

Oh! Frédéric, ce serait terrible. On ne pourrait jamais savoir vraiment lequel de vous deux serait mort. *(Elle rêve un petit peu.*) Tout de même cela serait bien commode pour votre frère. Il n'aurait qu'à aller à l'enterrement, bien triste et puis après, me dire doucement à l'oreille : « Chut! ne le répétez pas, c'est moi. Tout le monde se trompe; c'est Horace qui s'est tué. » Qu'est-ce que vous voudriez que je réponde?

FRÉDÉRIC

Mais, Diana, vous ne pourriez pas vous tromper une minute! Si moralement je ressemblais aussi à Horace, je serais Horace.

DIANA, *rêveuse.*

C'est vrai.

FRÉDÉRIC *la regarde un instant, puis crie.*

C'est Horace que vous aimez, Diana! Adieu.

DIANA *le retient.*

Etes-vous fou? Je le déteste! Embrassez-moi.

FRÉDÉRIC, *éperdu.*

Diana!

DIANA

Embrassez-moi, cher petit chien perdu, que je vous montre votre route.

FRÉDÉRIC

Je vous aime.

DIANA

Moi aussi, je vous aime, Frédéric!

Il l'embrasse.

DIANA, *quand c'est fini.*

Vous êtes bien sûr, n'est-ce pas, que vous n'êtes pas Horace? Je le crois capable de tout!

Ils sont sortis. Entrent lady India et Patrice Bombelles.

PATRICE BOMBELLES

De tout, de tout, de tout. Je le crois capable de tout.

LADY INDIA

Mais mon cher, comment pourrait-il soupçonner quelque chose? Nous avons pris tellement de précautions.

PATRICE BOMBELLES

C'est un garçon qui joue un double jeu. Hier il a ricané. Cela je l'ai entendu nettement, il a ricané sur mon passage. Pourquoi aurait-il senti le besoin de ricaner sur mon passage si ce n'est qu'il est au courant de tout?

LADY INDIA

Quand croyez-vous avoir entendu ce ricanement?

PATRICE BOMBELLES

Hier soir, sur la terrasse, après le dîner.

LADY INDIA

Hier soir? Nous étions ensemble. Il s'était étranglé avec la fumée de son cigare. Il ne ricanait pas, il toussait.

PATRICE BOMBELLES

Il toussait pour nous dissimuler qu'il ricanait, ma chère. C'est une toux dont je n'ai pas été dupe un seul instant.

LADY INDIA

D'ailleurs pourquoi ce jeune homme qui ne m'est rien, pourrait-il se permettre de ricaner en apprenant notre liaison, Patrice?

PATRICE BOMBELLES

C'est un garçon dont je vous conseille de vous méfier. D'abord cette façon de tellement ressembler à son frère.

LADY INDIA

Il n'y peut rien.

PATRICE BOMBELLES

Un véritable gentleman n'aurait jamais permis l'équivoque. Lui, il en joue, il copie les costumes de son frère.

LADY INDIA

Mais non, c'est Frédéric qui copie les siens.

PATRICE BOMBELLES

C'est la même chose! Chez moi, ma chère, nous étions neuf frères...

LADY INDIA

Dieu! Et ils vous ressemblaient tous?

PATRICE BOMBELLES

Aucunement.

LADY INDIA

Ce que vous ne me ferez jamais croire, c'est que ce garçon soit capable de parler à Romuald.

PATRICE BOMBELLES

De parler, non. Mais de risquer des à peu près, des bouts rimés, des anecdotes, quand nous sommes tous au salon; de sourire, on ne sait pourquoi, à table — de ricaner, comme hier soir, en faisant semblant de s'étrangler avec la fumée de son cigare sur les terrasses. Oui, je l'en crois parfaitement capable.

LADY INDIA

S'il s'en tient à ces signes, Romuald, lui, est bien incapable d'en pénétrer jamais le sens! C'est un benêt.

PATRICE BOMBELLES *a un geste.*

C'est un tigre! Et vous ne devez pas oublier que si vous êtes sa maîtresse, moi, je suis son secrétaire intime. Nous dépendons tous les deux étroitement de ce magnat.

LADY INDIA, *avec reproche.*

Cher, bien cher... Vous employez des mots.

PATRICE BOMBELLES

Magnat?

LADY INDIA

Non.

PATRICE, BOMBELLES

Secrétaire intime?

LADY INDIA

Non. *(Elle est contre lui.)* Patrice, cher, je suis *votre*
maîtresse; et si je permets, c'est vrai, à Romuald de
s'occuper de régler mes factures et de venir me baiser
la main chaque soir, vous ne devez pas oublier qu'il
ne m'est rien et que vous m'êtes tout.

PATRICE BOMBELLES, *affolé.*

Dorothée!... Dans ce jardin d'hiver...

LADY INDIA

Nous sommes en été...

PATRICE BOMBELLES

Ce n'est pas pour l'hiver. C'est pour les vitres. On
nous voit de partout.

LADY INDIA

Tant mieux! Je suis folle! J'adore le danger. J'adore
tout ce qui est fou. Vous ai-je raconté ce soir, à
Monte-Carlo, où j'ai été dans un petit bistrot louche

du port, toute nue sous ma cape, avec tous mes diamants, seule au milieu de ces brutes avinées...

PATRICE BOMBELLES

A Monte-Carlo?

LADY INDIA

Oui, c'était un petit tabac où les croupiers du baccara
venaient boire clandestinement des bocks entre deux
parties. Je voyais les larges mains de ces hommes frémir... Ah! qu'il vienne, qu'il nous surprenne, qu'il nous
massacre!... Il verra comme je le cravacherai de mon
mépris... Ce sera magnifique!

PATRICE BOMBELLES

Oui.

LADY INDIA

D'ailleurs c'est un mouton. Que peut-il?

PATRICE BOMBELLES *soupire.*

Tout au monde, dans les sulfates... Et par contre-
coup, hélas...

LADY INDIA

Cher! Cher! L'amour est toujours le plus fort.

PATRICE BOMBELLES

Oui, Dorothée.

LADY INDIA

Et puis vous ne devez pas oublier, Patrice, que vous
êtes un homme du meilleur monde, que je suis lady

India et que c'est nous qui sommes bien bons, en fin de compte, de nous occuper un peu de ce ramasseur d'argent.

> *Ils sont sortis.*
> *Entrent Mme Desmermortes — poussée sur son fauteuil à roulettes par sa lectrice, Mlle Capulat — et Horace.*

Mme DESMERMORTES

Tant d'argent, Horace?

HORACE

Plus encore, ma tante.

Mme DESMERMORTES

Qu'est-ce qu'il en fait?

HORACE

Il mange des nouilles à tous les repas, sans beurre et sans sel, il boit de l'eau.

Mme DESMERMORTES

C'est admirable. Et Dorothée le ruine?

HORACE

Elle essaie. C'est impossible.

Mme DESMERMORTES, *se rappelant soudain la présence de sa lectrice.*

Vous êtes une mauvaise langue, Horace. Vous oubliez que je suis votre tante et la tante de Dorothée. Et une femme d'un certain âge. Mademoiselle Capulat, allez donc me chercher mon mouchoir. *(Quand elle est sortie.)* Tout de bon, vous croyez qu'il l'entretient?

HORACE

Carrément.

Mme DESMERMORTES

C'est monstrueux, c'est humiliant, Horace.

HORACE

Sur ce pied-là c'est peut-être encore monstrueux, mais cela cesse d'être humiliant, ma tante.

Mme DESMERMORTES

Une Grandchamp! Et par moi, une Desmermortes! Si Antoine était encore de ce monde il en mourrait. Horace, les gens sont si méchants, n'est-il pas scandaleux pour le monde que j'aie invité ce nabab en même temps que Dorothée? On va dire que je tiens la chandelle... Moi, en tout cas, je le dirais.

HORACE

N'oubliez pas que vous avez invité Romuald Messerschmann et sa fille à la demande de Frédéric, ma tante. Frédéric se fiance demain à Diana.

Mme DESMERMORTES

C'est juste. Un autre gogo, ton frère. Aller se toquer de cette fille au point de lui demander sa main. Quand il était petit il avait toujours l'air si triste, si résigné, en venant me tendre son front au jour de l'an. Je

l'appelais Iphigénie. Le vois-tu livré, un beau matin, en
jaquette de mariage, à cette demoiselle Diana Messerschmann et à ses millions?

HORACE

Non, ma tante.

Mme DESMERMORTES

Avec toi, au moins, le sacrifice aurait eu du piquant.
J'aime bien quand c'est le mouton qui risque de dévo-
rer le grand prêtre. Avec lui, cela ne sera même pas
drôle. Il sera affreusement mouton comme ton père.

HORACE

Si ce mariage se fait, ma tante!

Mme DESMERMORTES *soupire.*

Et qui pourrait le faire rater maintenant?

HORACE

Peut-on savoir?

Mlle CAPULAT *rentre.*

Voici votre mouchoir, Madame!

Mme DESMERMORTES

Merci, ma toute bonne. Poussez-moi donc vers le
soleil. *(Entrent Messerschmann et Romainville.)* Ah!
Bonjour, mon bon Romainville! Bonjour, Monsieur
Messerschmann! Avez-vous passé une bonne nuit?

MESSERSCHMANN

Je ne dors jamais, Madame.

Mme DESMERMORTES

Moi non plus. Il faudra que nous nous donnions rendez-vous! Nous bavarderons pendant qu'ils dormiront et nous dirons du mal d'eux tous. Cela tuera le temps. — Il est dur à tuer, l'animal. — Je suis très méchante, Monsieur Messerschmann, et vous?

MESSERSCHMANN

On dit que je le suis aussi, Madame.

Mme DESMERMORTES

Quel bonheur! Nous nous dirons des méchancetés. Cela sera très amusant. Poussez, voyons, poussez, ma toute bonne! Je vous ai dit que je voulais aller au soleil! Monsieur Messerschmann, mon maître d'hôtel m'a dit que vous ne mangiez que des nouilles?

MESSERSCHMANN

C'est exact, Madame, sans beurre et sans sel.

Mme DESMERMORTES

Il paraît aussi que vous êtes un bon ami de Dorothée.

MESSERSCHMANN

Lady India m'honore de son amitié.

Mme DESMERMORTES

Dorothée, des insomnies et des nouilles à tous les repas! Et j'ai lu hier dans un magazine que vous étiez un des heureux de la terre...

Ils sont sortis. Romainville essaie de sortir de biais, en évitant Horace.

HORACE *le rattrape.*

Elle sera là au train de midi trente.

ROMAINVILLE

Non.

HORACE

Je vous affirme que si.

ROMAINVILLE

Quelle imprudence! Je suis malade. Vous êtes sûr que vous n'êtes pas fou?

HORACE

Sûr. Et vous?

ROMAINVILLE

Moi, je ne suis pas sûr. Et si je refusais de céder à ce chantage?

HORACE

C'est le scandale, Romainville.

ROMAINVILLE *se met en colère.*

Mais quel scandale, sacrebleu? Mes relations avec cette jeune fille sont irréprochables.

HORACE

Si je dis à ma tante : Romainville, pour égayer un peu votre invitation de ce printemps, a fait venir sa petite amie à l'auberge de Saint-Flour où il va la voir trois fois par semaine, en cachette, que répondrez-vous?

ROMAINVILLE

Que c'est faux! Que je m'intéresse à cette jeune fille comme je m'intéresse à tous les arts. Est-ce ma faute si je suis une sorte de mécène?

HORACE

Non.

ROMAINVILLE

Cette enfant avait besoin de prendre l'air, avant de recommencer son travail à l'Opéra. Elle était pâlotte, — comprenez-moi, Horace — elle était extrêmement pâlotte. N'importe qui aurait agi comme moi. C'est une question de bon cœur. Je lui ai dit : « Venez passer quelques jours en Auvergne avec votre mère. » Qui pourrait me reprocher, sacrebleu, de vouloir faire prendre un peu l'air à une jeune fille pauvre qui en a besoin? Madame votre tante qui me tape tous les ans pour ses comités charitables?

HORACE

A une jeune fille pauvre qui a besoin de prendre l'air, personne. Mais à votre maîtresse, Romainville... Vous connaissez ma tante.

ROMAINVILLE

Mais cette jeune fille n'est pas ma maîtresse, sacrebleu! Je vous assure qu'elle ne l'est pas du tout.

HORACE

Qui vous croira?

ROMAINVILLE

Tout le monde, puisque c'est la vérité.

HORACE

Quelle importance cela peut-il avoir que ce soit la
vérité, mon bon Romainville, puisque cela n'en a pas
l'air.

ROMAINVILLE

Alors, selon vous, la vérité, ce n'est rien?

HORACE

Rien mon cher, sans les apparences. *(Une cloche. Il
l'entraîne.)* Allons tranquillement déjeuner. Elles seront
là d'un moment à l'autre. Josué est prévenu, il me fera
signe. Je viendrai leur dire deux mots et au café, il
annoncera officiellement à ma tante que votre nièce
vient d'arriver.

ROMAINVILLE

Et si ma véritable nièce arrive par le même train?

HORACE

Je lui ai déjà télégraphié pour vous que l'invitation
de ma tante était momentanément décommandée.

ROMAINVILLE

C'est un traquenard! Et tout cela parce que vous
m'avez surpris buvant une innocente orangeade avec
cette petite, chez le pâtissier de Saint-Flour!

HORACE

Exactement!

ROMAINVILLE

Vous êtes le diable.

HORACE

A peu près.

ROMAINVILLE

Quel dessein poursuivez-vous donc?

HORACE

Un vaste et sombre dessein. *(Une seconde cloche.)* C'est le deuxième coup. Passons à table, mon cher Romainville. Vous ne tarderez pas à le savoir.

> *Ils sortent. La scène reste vide un instant, puis Josué introduit Isabelle et sa mère, avec leurs valises.*

JOSUÉ

Si ces dames veulent se donner la peine de s'asseoir. Je vais prévenir Monsieur Horace de leur venue.

> *Il sort.*

LA MÈRE

Quel luxe! Quel raffinement! Quelle somptuosité! Voilà une atmosphère, mon enfant, dans laquelle je me sens véritablement redevenir moi-même!

ISABELLE

Oui, maman.

LA MÈRE

Il y a des êtres qui ne peuvent respirer que dans le luxe. Si on leur enlève le luxe, ils s'étiolent.

ISABELLE

Oui, maman.

LA MÈRE

Tu ne dois pas oublier, Isabelle, que ton grand-père était le premier négociant en papiers peints de la ville. Nous avons eu jusqu'à deux domestiques en même temps, sans compter les ouvrières, bien entendu. Et rappelle-toi qu'à ton âge, ta grand-mère ne m'aurait jamais permis de sortir seule.

ISABELLE

Oui, maman.

LA MÈRE

J'étais suivie à trois pas par ma bonne. A trois pas. C'était magnifique.

ISABELLE

Oui, maman.

LA MÈRE

As-tu vu ce maître d'hôtel?

ISABELLE

Oui, maman.

LA MÈRE

Cette noblesse, cette voix feutrée à la fois extrêmement polie et légèrement méprisante, cette attitude.
(Elle répète, ravie et mime.) Si ces dames veulent se
donner la peine de s'asseoir. Je vais prévenir Monsieur
Horace de leur venue. De leur venue! Le choix des
termes! *(Elle se rassoit.)* Ah! mon enfant! Je rêve pour
toi d'un maître d'hôtel semblable!

ISABELLE

Oh! tu sais, maman...

LA MÈRE

Si, si. Je rêve pour toi de tout ce que la vie ne m'a
pas donné. Je ne dis rien tu sais, mais parfois je
souffre... Tu crois que cela ne me fend pas le cœur
quand je vois tes petits doigts se rougir chaque jour
à notre vaisselle?

ISABELLE *cache ses doigts, soudain honteuse.*

Je t'en prie, maman.

LA MÈRE

Oh, je sais! Tu es moins sensible que moi. Je sais
aussi que je ne t'aide pas autant que je le devrais, bien
sûr, dans tous ces petits travaux... C'est que c'est véritablement au-dessus de mes forces. D'abord, j'ai une
impossibilité matérielle : mon piano. Je dois mes mains

à mon art. Et puis, je n'ai pas été élevée comme toi, moi. J'ai été élevée dans tous les raffinements du confort. Tu as toujours connu la gêne, mon pauvre petit, tu ne peux pas savoir! Toi, tu retrousses tes manches, tu chantes quelque chose, et hop! En un clin d'œil c'est fait, tu n'y penses plus.

ISABELLE

Il faut bien, maman.

LA MÈRE

Je t'admire. Moi avec mon passé, avec tous mes rêves perdus, j'en serais absolument incapable... Ah! Isabelle! Je rêve pour toi d'un autre avenir — d'un avenir de luxe et de beauté où ta maman aurait une petite place. Tu es artiste, tu es jolie, moins fine que moi peut-être — cela c'est ton père — moins classique, en somme, mais piquante. Tu dois plaire, tu dois sûrement plaire, mon enfant. Que peut bien te vouloir ce jeune homme?

HORACE *entre.*

Vous êtes exactes, je vous remercie.

LA MÈRE

Cher Monsieur, je considère l'exactitude comme la première vertu. Ai-je tort?

HORACE *lui baise la main.*

Non, Madame. Et voici Mademoiselle Isabelle. *(Il la regarde.)* Je ne m'étais pas trompé.

LA MÈRE

C'est une charmante enfant.

HORACE

Mieux que charmante, Madame.

LA MÈRE

Monsieur Romainville a dû vous parler d'elle.

HORACE, *sans cesser de regarder Isabelle.*

Il m'en a beaucoup parlé en effet, Madame.

LA MÈRE

C'est un de nos bons amis parisiens.

HORACE

Oui, je sais. Est-ce que cette aventure vous amuse au moins, Mademoiselle? C'est la première condition.

LA MÈRE

Elle est folle de joie!

ISABELLE

Monsieur Romainville nous a seulement dit que vous nous invitiez pour ce soir au château.

HORACE

Pas autre chose?

ISABELLE

Non, Monsieur.

LA MÈRE

Le bon ami a sans doute voulu laisser toute la surprise à la petite!

HORACE

Et qu'avez-vous pensé qu'on pourrait bien vous demander dans ce château?

ISABELLE

Je ne sais pas. De danser sans doute. Je suis danseuse.

HORACE

Pas seulement de danser.

LA MÈRE

Pas seulement de danser? Mais savez-vous, cher Monsieur, que vous commencez à m'intriguer follement?

HORACE

On donne ici ce soir un bal. J'ai besoin que vous y assistiez et que vous y soyez très belle, plus belle que toutes les autres.

ISABELLE

Moi?

HORACE

Oui. Vous avez peur?

ISABELLE

Un peu. Je ne suis pas très belle et puis...

HORACE

J'ai téléphoné ce matin à Paris. Roeseda Sœurs m'envoie ce soir un choix de robes et ses meilleures essayeuses. Au premier coup d'archet des violons, vous serez prête.

ISABELLE

Mais que faudra-t-il que je fasse?

HORACE

Rien que briller ici toute la nuit comme un petit papillon éphémère. A l'aube on vous délivrera. Bien entendu, Madame, cela sera un cachet comme un autre, et la robe lui restera.

LA MÈRE *minaude.*

Oh! Mais nous n'avons pas pensé une minute...

HORACE *la coupe.*

Moi, si, je l'ai pensé. Maintenant, il faut que je retourne à table où mon absence serait remarquée. Je regrette de ne pas pouvoir assouvir votre curiosité tout de suite. Voilà Josué qui va vous montrer vos chambres. On vous y servira ce premier repas... Je vous demande de n'en pas bouger. Personne ne doit encore connaître votre présence au château. Dès que cela me sera possible je monterai vous dire ce que j'attends de vous.

Il sort. Josué empoigne les valises.

JOSUÉ

Si ces dames veulent bien avoir l'obligeance de me suivre.

LA MÈRE

Oui, mon ami. Quel garçon distingué, quel véritable gentilhomme! As-tu vu, ma chère, comme il m'a baisé la main? Hé bien, ma petite, tu rêves?

ISABELLE

Non, maman. C'est celui-là qui s'appelle Horace? C'est celui-là qui a voulu que nous venions au château?

LA MÈRE

Oui, ma chère. Il est beau, n'est-ce pas? Allons, avance. Le maître d'hôtel nous attend. Où es-tu, ma chère, dans la lune?

ISABELLE, *sortant derrière elle,*
d'une étrange voix.

Oui, maman.

LE RIDEAU TOMBE

DEUXIÈME ACTE

On entend les violons s'accorder quand le rideau se lève. Même décor, c'est le soir. Debout au milieu de la pièce, Isabelle dans sa robe de bal. Dans un fauteuil, en habit, fumant son cigare, Horace qui l'examine.

HORACE

Avancez de quelques pas. Tournez. Retournez-vous. Vous êtes parfaite. Vous tremblez?

ISABELLE

J'ai peur.

HORACE

De quoi, mon Dieu, d'un bal?

ISABELLE

De la nuit qui vient, des violons qui s'accordent, de ce château plein de gens inconnus qui s'habillent pour cette fête, de ce mystère, de tout.

HORACE

De moi aussi?

ISABELLE

Surtout de vous.

HORACE

Vous croyez que je vais vous entraîner dans une histoire épouvantable? Romainville vous a dit beaucoup de mal de moi?

ISABELLE

Oui, Monsieur.

HORACE

Et naturellement vous l'avez cru?

ISABELLE, *doucement.*

Non.

HORACE

Vous avez eu tort, Mademoiselle. Quand vous saurez ce que j'ai machiné ce soir, vous penserez que je suis peut-être encore plus méchant que ne l'imagine Romainville. Seulement, il ne faut pas avoir peur des gens méchants, Mademoiselle, ce sont de pauvres diables comme les autres. Les imbéciles seuls sont vraiment redoutables! *(Entre Romainville.)* Ah! mon cher, nous parlions de vous! Comment vous sentez-vous ce soir?

ROMAINVILLE

De plus en plus mal. Cette fête qui me réjouissait est maintenant un supplice pour moi. Je ne peux pas

concevoir ce qui a pu vous pousser à vouloir cette
présentation ridicule.

HORACE

Romainville a peur que vous vous trompiez de four-
chette et qu'en vous voyant attaquer le foie gras avec le
couvert à poisson, toute la table se lève en criant : « Im-
posture! Ce ne peut pas être sa vraie nièce! » Faites quelques pas, ma chère, tournez. Regardez-la, Romainville.
N'êtes-vous pas flatté d'avoir une nièce pareille? Entre
nous, comment est votre vraie nièce, mon cher? Il me
semble l'avoir rencontrée chez les Berquin.

ROMAINVILLE

Mon Dieu, c'est une jeune personne un peu dis-
graciée. Elle a le nez assez fort. Mais elle est pleine des
plus belles qualités morales...

HORACE

Alors vous la présenterez à ma tante, un matin, à
son ouvroir et elle y fera merveille. Mais pour un bal,
Romainville... Il vous fallait une nièce de bal!... Regardez cette jeune fille dans ce tulle. Vous ne pouviez rien
trouver de plus plus transparent, de plus éphémère,
de plus gracieux, de plus fait pour un bal, un unique
bal de printemps...

ROMAINVILLE *considère gravement Isabelle.*

Tenez-vous droite. Ne donnez pas leur titre aux gens
à qui on vous présentera. Attendez que les personnes
d'un certain âge vous interrogent.

HORACE

Vous divaguez, mon cher. Mademoiselle savait tout
cela en naissant. Ma tante, qui a le sens de la qualité,
ne s'y est pas trompée une minute. Elle lui a donné
une chambre sur le jardin. Ce sont les plus agréables.
Si elle lui avait moins plu, je suis sûr qu'elle l'aurait
mise sur le parc.

ROMAINVILLE

Mais moi je suis sur le parc!...

HORACE *éclate de rire.*

Vous voyez bien, Romainville...

LA MÈRE *entre, minaudante.*

On peut entrer? On peut entrer? Je ne peux plus
tenir, il faut que je voie la robe.

HORACE *va à elle, contrarié.*

Il était convenu que vous resteriez dans votre
chambre, Madame. Il ne faut pas risquer qu'on vous
rencontre.

LA MÈRE

Je me suis glissée comme une ombre. Je me meurs
de curiosité. Quel charme! Quelle élégance! Tiens-toi
droite. Quel bon goût! Je suis sûre que c'est monsieur
Horace qui l'a choisie!

HORACE

Non, Madame, c'est votre fille.

LA MÈRE

Non. Non. Non. Je ne veux pas croire que vous n'y
êtes pour rien. Ou alors c'est que la petite a deviné vos
goûts et qu'elle l'a choisie pour vous plaire...

ISABELLE

Maman!

LA MÈRE

Tourne-toi. Encore. Tiens-toi droite. Cette enfant,
cher Monsieur, me surprend chaque fois moi-même.
Habillée, on dirait qu'elle est maigre : déshabillée, elle
est presque dodue. Raspoutini, son maître à l'Opéra,
dit que, tout simplement, c'est parce qu'elle est bien
faite. Le fait est — ce n'est pas parce que je suis sa
mère — elle a des jambes admirables. Le cher ami qui
l'a vue tant de fois en tutu vous le dira.

ROMAINVILLE, *gêné.*

Hum! Moi, je la trouve encore très pâlotte. Mais
nous lui donnons des fortifiants. Des fortifiants.

LA MÈRE

Pâlotte? Regardez-la, médisant. Elle est rose comme
une fleur!

ROMAINVILLE

Hum! Le grand air de la campagne lui a déjà fait du
bien. Ah! la campagne, la campagne! La joie saine...

LA MÈRE

Parlons-en! Elle meurt d'ennui à la campagne! Elle est comme moi. Nous sommes deux petites fleurs de serre, deux Parisiennes, deux artistes. Nous ne poussons pas en pleins champs. Seulement le cher ami a tant insisté.

ROMAINVILLE

La santé avant tout. La santé avant tout.

LA MÈRE

Vous êtes un vilain despote! Cher Monsieur, il est d'une exigence avec ses amis! Il ne peut pas supporter qu'on le quitte. Quand il a été invité ici, il a fallu que la petite vienne.

ROMAINVILLE

Je la trouvais pâlotte! Alors, je me suis dit, ma foi...

LA MÈRE

Mais oui, mais oui. Enfin! On vous pardonne parce qu'on sait bien que c'est par amitié. C'est comme lorsque vous avez voulu qu'elle fasse de la natation...

ROMAINVILLE, *de plus en plus gêné.*

Tout le monde devrait savoir nager.

LA MÈRE

Il venait lui-même à la piscine pour la voir. Une fois, il a failli tomber à l'eau tout habillé.

ROMAINVILLE, *hors de lui.*

C'est ce qui vous prouve que tout le monde devrait savoir nager! Mais nous bavardons, nous bavardons... et Horace doit avoir des instructions à donner à Isabelle. Je suis sûr que vous seriez curieuse de voir l'arrivée des voitures, chère amie? Si vous veniez dans ma chambre? On voit tout. Elle est au nord, mais on voit tout.

LA MÈRE

C'est cela. C'est cela. Nous les laissons. Chut! Ce n'est pas que je brûle aussi de connaître le mystère. Mais la petite me racontera demain. Allez. Je vais me cacher comme un vilain gros papillon de nuit qui n'a pas droit aux lumières de la fête.

ROMAINVILLE, *la poussant, excédé.*

C'est cela. Comme un vilain gros papillon de nuit. Venez. J'entends les premières voitures.

HORACE

Et on vous montera à souper.

LA MÈRE

Une croûte, allez, une croûte et un verre d'eau pour la pauvre Cendrillon. Amuse-toi bien, petite chanceuse! Moi aussi j'ai eu vingt ans. Et il n'y a pas si longtemps de cela... Elle est charmante!

Elle est sortie, entraînée par Romainville

HORACE *regarde Isabelle et dit doucement.*

Et toute rouge.

ISABELLE

J'ai honte.

HORACE

Il ne faut pas.

ISABELLE

C'est facile à dire. Mes joues brûlent. Mes yeux piquent. J'ai une grosse boule de mie de pain dans la gorge et envie d'être morte.

HORACE

Moi, je la trouve très amusante, votre mère.

ISABELLE

Moi aussi peut-être qu'elle m'amuserait...

Elle s'arrête.

HORACE

C'est une artiste?

ISABELLE

Elle donne des leçons de piano.

HORACE

Si vous aviez déjà écouté ce qu'on appelle une dame « bien » essayer de faire valoir sa fille dans une vente de charité, vous ne vous indigneriez plus. Madame votre mère est la discrétion même.

ISABELLE

Je ne suis pas dodue. Je ne suis pas maigre non plus. Je n'ai pas de jambes admirables. Je veux partir.

HORACE

Avant mon bal, c'est impossible!

ISABELLE

J'ai honte.

HORACE

Entre nous, ma chère, pourquoi? Parce que cette fête, ce mystère ont excité un peu l'imagination de votre maman? Parce qu'elle s'est figuré que j'étais amoureux de vous et qu'elle essaie de vous jeter à ma tête? C'est bien naturel... Je suis très riche, j'ai un beau nom, vous pensez que depuis que je suis bon à marier, c'est un air que j'ai entendu. Ainsi, si c'est pour moi que vous avez honte, ne soyez plus rouge je vous prie. C'est un air qu'on m'a trop chanté. Je ne l'entends plus.

ISABELLE, *doucement.*

Moi je l'entends encore...

HORACE

C'est vrai. Je parle un peu légèrement de ces choses. Cela doit être assez désagréable en effet pour vous. Excusez-moi.

ISABELLE *se retourne soudain.*

Qu'avez-vous pensé pour Romainville?

HORACE, *un peu sec.*

Je n'ai rien à penser au sujet de Romainville, Mademoiselle. Romainville est un homme charmant, plein de délicatesse et d'égards, j'en suis sûr. Je vous ai rencontrée avec lui dans une pâtisserie de Saint-Flour, je vous ai trouvée ravissante, et j'ai imaginé que vous pourriez m'être utile, ici, ce soir. C'est tout.

ISABELLE

Je voudrais que vous sachiez au moins...

HORACE

Je ne veux rien savoir de plus, Mademoiselle.

ISABELLE *dit doucement*
d'une petite voix battue.

Alors si vous ne voulez rien savoir, c'est différent... Croyez-vous que je suis idiote? J'ai pleuré, mon rimmel coule. Il faut que je recommence tout. Vous m'excusez un instant?

HORACE

Je vous en prie. *(Il fait signe à Josué qui passe.)* Josué!

JOSUÉ

Monsieur Horace?

HORACE

Personne ne se doute de rien?

JOSUÉ

Personne, Monsieur Horace. Les essayeuses de la maison de couture sont reparties sans avoir été vues, le bottier non plus. D'ailleurs avec le monde que nous avions au château pour les derniers préparatifs du bal...

HORACE

Vous surveillerez la maman.

JOSUÉ

Oui, Monsieur Horace. Je demande pardon à Monsieur, mais elle m'a échappé tout à l'heure. J'ai aussi la responsabilité de la fête de ce soir...

HORACE

Je sais, Josué, que vous ferez votre possible. D'ailleurs tant qu'elle se contentera de faire la navette entre sa chambre et ce salon — cette aile est encore déserte — c'est sans danger. Mais quand le bal sera commencé, je crains des excentricités de sa part. *(Il fait le geste de fermer une porte à clef.)* Cric, crac.

JOSUÉ

Bien, Monsieur Horace. Et si la dame se mettait à hurler? Il faut tout prévoir, Monsieur Horace.

HORACE

Vous lui direz que c'est moi qui ai exigé qu'on l'enferme et vous lui promettrez deux cents francs de plus.

JOSUÉ

Je demande pardon à Monsieur... Monsieur croit que
cela sera assez pour calmer cette dame?

HORACE

Certainement, mon vieux. *(A Isabelle qui rentre pendant que Josué sort.)* Hé bien, ce petit malheur?

ISABELLE

Il est réparé.

HORACE

Comme c'est commode de pouvoir sortir une minute,
refaire son sourire, son œil et venir reprendre la conversation au point où on l'avait laissée!... Nous manquons
beaucoup de ces petits bâtons, nous autres. *(Il regarde
l'heure.)* Il est bientôt dix heures, Mademoiselle. Votre
maquillage est au point, votre robe vous va à ravir,
les premières voitures glissent déjà sur le sable devant
le perron, les violons frottent leur archet de colophane.
Il va être temps que je vous parle.

ISABELLE

Enfin!

HORACE

J'ai voulu vous connaître un peu mieux avant de le
faire. A une sotte, j'aurais raconté une autre histoire,
quelque merveille de magazine avec du pittoresque,
de l'attendrissement, de la romance. C'est d'ailleurs dans
ce sens que j'avais préparé mon petit laïus quand je

vous avais demandé de venir, hier soir. On va toujours au conventionnel, c'est plus facile. Or, il se trouve une fois sur mille que le conventionnel se dérobe et on reste tout bête avec son intelligence à son bras comme un parapluie dont on ne pensait pas avoir besoin. Tant pis pour moi. Je vais être obligé d'improviser.

ISABELLE

Je vous demande pardon.

HORACE

Pas du tout. C'est moi qui ai manqué de psychologie. J'aurais dû vous juger au premier coup d'œil. Vous n'êtes pas sotte, vous êtes naïve. Vous n'êtes pas romanesque, vous êtes tendre. Vous n'êtes pas dure, vous êtes exigeante. Tout est presque pareil et c'est le contraire. Cela m'apprendra à mal regarder les jeunes filles à la terrasse des pâtisseries. J'avais tout prévu, sauf que vous m'écouteriez avec ce petit œil lucide.

ISABELLE

S'il vous dérange, je peux le fermer.

HORACE

N'en faites rien. Il va nous faire gagner beaucoup de temps. Grâce à lui je vais pouvoir passer les pré- ambules et aller droit au fait. Voilà, Mademoiselle : j'ai un frère, un frère que j'aime beaucoup et qui est amoureux à en mourir d'une jeune fille très belle et très riche en l'honneur de laquelle le bal de ce soir est donné

ISABELLE

Et elle, elle ne l'aime pas?

HORACE

Elle lui est officiellement fiancée; elle lui donne ses
lèvres deux ou trois fois par jour suivant les règles
d'une stratégie amoureuse qui m'échappe. Je suppose
qu'elle lui abandonne aussi de temps en temps, en pen-
sant à autre chose, un coin ou un autre de sa jolie
peau un peu froide. Elle lui fait toutes les petites scènes
qu'il faut faire, elle lui dit même qu'elle l'aime, mais
elle ne l'aime pas, non.

ISABELLE

Elle en aime un autre?

HORACE

En vérité, Mademoiselle, je la crois bien incapable
de jamais aimer. Mais comme c'est une petite personne
multimillionnaire et trop gâtée, attentive au moindre
souffle de ses désirs, elle s'est figuré — oui — qu'elle
était amoureuse de quelqu'un.

ISABELLE

Et ce quelqu'un?

HORACE

Vous l'avez deviné, c'est moi. Vous me direz que
c'est une folle et que mon frère vaut mille fois mieux
que moi.

ISABELLE

Comment est-il?

HORACE

Diable! C'est vrai! Vous voyez comme ces récits
arrêtés d'avance sont toujours bêtes. J'allais oublier de
vous dire l'essentiel : nous sommes jumeaux, Mademoiselle.

ISABELLE

Vous vous ressemblez?

HORACE

Au physique, comme il n'est pas permis honnête-
ment de se ressembler. Cette plaisanterie de mauvais
goût qui dure depuis trop longtemps a donné lieu à tous
les quiproquos possibles et imaginables. Elle est éventée,
vidée, assommante. Voilà cent ans que le coup des
jumeaux ne fait plus rire personne et singulièrement
plus nos amis... Mais, moralement, — vous voyez que
nous sommes en plein dans la plus mauvaise conven-
tion théâtrale — moralement, nous sommes le jour et
la nuit : mon frère est bon, sensible, tendre, intelligent
et je suis une brute. Mais c'est tout de même moi qui
suis aimé.

ISABELLE

Et vous?

HORACE

Moi?

ISABELLE

Vous l'aimez aussi, cette jeune fille?

HORACE

Je n'aime personne, Mademoiselle. C'est ce qui va me permettre d'organiser en toute sérénité d'esprit la petite comédie de ce soir. Car j'ai résolu que ce serait moi, ce soir, qui organiserais la comédie. Oui, décidément, nous nous laissons trop faire, ma chère. Le destin dispose, nous brasse, nous fait glisser sur une pelure d'orange, ou sans plus de raisons nou gratifie d'un billet gagnant à la loterie, d'un ami sincère ou d'une femme aimable — entre deux crampes... Et nous sommes là à recevoir ces pourboires avec des courbettes, en bafouillant éternellement « trop heureux, merci, trop heureux, que votre volonté soit faite! » Nous sommes trop négligents... Je comprends cela en politique. Il faut se laisser gouverner comme on se laisse couper les cheveux — par d'autres, tant bien que mal. Attacher trop d'importance à l'argent qu'on vous prend ou aux gestes qu'on fait exiger de vous, dans les rues, par des gendarmes, c'est l'attitude la plus futile, la plus inconsidérée qui soit. Mais permettre au destin de vous conduire, lui tolérer des maladies, des passions ridicules, des catastrophes, des familiarités. Cela, c'est grave, Mademoiselle, c'est impardonnable. Je ne sais pas si vous me suivez très bien?

ISABELLE

Je me suis perdue au moment des gendarmes, Monsieur.

HORACE

Je m'explique. Je trouve l'homme trop modeste. Il se laisse mener alors que c'est presque toujours à lui de décider et qu'il est pratiquement indomptable. L'amour, la maladie, la bêtise, il a trouvé commode d'appeler tout : fatalité. Moi, je ne connais que la mort, ma chère. La mort est franche, la mort est nette. C'est une imbécile, mais je lui tire mon chapeau. Elle sait ce qu'elle veut... Mais pour le reste je réponds : « Je ne veux pas le savoir! » comme mon adjudant pendant la guerre... *(Il rêve un peu.)* Je ne veux pas le savoir! Ça, c'était un homme! Vous ne me suivez plus du tout?

ISABELLE

C'est-à-dire je vous perds, je vous rattrape, je vous reperds. J'espère que vous m'attendrez au tournant.

HORACE *lui prend le bras.*

Nous y sommes, ne nous quittons plus. Mon frère est malheureux, Mademoiselle et il va être bafoué. Mais il aime probablement cette Diana Messerschmann et son bonheur — peut-on savoir ce que c'est que le bonheur? — c'est peut-être d'être malheureux par elle. D'autre part, il est sans doute dans l'ordre normal des choses que cette jeune fille, à qui le ciel a dispensé tous les dons, outre les millions de son père, triomphe tranquillement au bal de ce soir... Seulement voilà, je ne sais pas ce que j'ai, j'ai dû mal me réveiller ce matin — je ne me sens pas d'humeur à supporter l'ordre normal des choses aujourd'hui... Alors tant pis pour la fatalité! Moi aussi je suis aveugle, moi aussi j'ai des

caprices, moi aussi je suis tout-puissant. Je réponds .
« Je ne veux pas le savoir » comme mon adjudant. Je
prends tout sur moi et je brouille les cartes... Et ce qui
va se passer ce soir, je puis vous assurer que ce n'était
pas du tout écrit. Voilà ce que j'attends de vous.

ISABELLE

Oui, mon capitaine!

HORACE

D'abord, m'obéir en tout, me regarder toujours au
cours de cette fête. Je ne vais pouvoir vous donner
maintenant que les grandes lignes. Le détail devra s'improviser tout à l'heure, pendant le bal. N'ayez pas peur.
Vous ne serez jamais seule. J'apparaîtrai sous une ten-
ture comme dans les mélos, je serai derrière l'otto-
mane ou vous vous assiérez avec votre cavalier, sous la
nappe du buffet, dans l'ombre du jardin. Je serai partout, vous surveillant toujours, vous dictant vos consignes. Le problème est simple. Il faut d'abord faire en
sorte, ce soir, que tout le bal ne s'occupe que de vous.

ISABELLE, *éperdue.*

Vous vous faites beaucoup d'illusions sur moi, Monsieur! Je ne saurai jamais...

HORACE

Moi je saurai. Ne vous occupez de rien, soyez vous-
même. Répondez ce qui vous passe par la tête. Riez
si vous avez envie de rire. Si vous avez envie d'être
seule, laissez tout le monde soudain. Je me charge
d'expliquer tout, de rendre tout aimable, extravagant,

surnaturel... Je vais pendant toute la soirée faire semblant d'être amoureux de vous.

ISABELLE, *heureuse.*

C'est vrai?

HORACE

Et vous allez, pendant toute la soirée, faire semblant d'être amoureuse de mon frère.

ISABELLE

Mais si votre frère aime cette- jeune fille, il ne me regardera même pas!

HORACE

Peut-être bien, il est si bête! Mais, même s'il ne regarde que Diana, il ne pourra pas ne pas lire dans les yeux de Diana, au coin de la bouche de Diana, dans tout ce qu'il aime de Diana que vous êtes ravissante. Je la connais, elle est affreusement jalouse. En constatant votre triomphe elle va se mettre à verdir, devenir laide en un instant.

ISABELLE

Votre frère ne l'en aimera que plus!

HORACE

Vous croyez? Comme on se fait de jolies idées de l'amour à l'Opéra! Soyez tranquille, j'ai bâti tout un scénario. C'est vous que mon frère aimera. Il ne s'agit que de le tirer d'un songe. Il va, il suit cette jeune fille qui est le contraire de ce qu'il peut aimer, il croit qu'il l'aime; il dort et il souffre en dormant Nous allons le faire dégringoler de la gouttière.

ISABELLE

Et s'il en meurt?

HORACE

Mademoiselle, on ne meurt pas d'amour.

ROMAINVILLE *entre en trombe.*

Ah! vous êtes là? Je vous cherchais. Catastrophe!

HORACE

Comment catastrophe?

ROMAINVILLE *s'assoit, ravi.*

Mon cher, tous vos projets sont à l'eau. Dieu merci!

HORACE

Qu'est-ce que vous racontez?

ROMAINVILLE

Comme je ramenais votre mère au bercail, me fiant à l'obscurité des corridors — crac! à un tournant, nous tombons sur la Capulat. C'est la lectrice de sa tante.

HORACE

Eh bien, vous êtes passés?

ROMAINVILLE

Moi, je suis passé. Mais savez-vous ce qu'elles ont fait, ces deux folles? Elles se sont jetées dans les bras

l'une de l'autre en pleurant. Il paraît qu'elles ont fait
du piano ensemble au Conservatoire de Maubeuge. Il
y a vingt ans qu'elles se croyaient mortes : pas du tout,
elles vivent! Je n'ai même pas pu intervenir. Elles se
serraient convulsivement les bras, elles se racontaient
leur vie. Dieu merci, elles parlaient toutes les deux en
même temps : elles ne vont pas se comprendre tout de
suite. Quoi qu'il en soit, il ne nous reste plus qu'une
issue : la fuite! (*A Isabelle.*) Montez vous déshabiller.
Je dirai que vous avez eu un malaise, que nous avons
reçu un télégramme, que votre grand-mère était dans
le coma et que je n'ai pas voulu troubler la fête, enfin
je dirai quelque chose. Moi aussi j'ai de l'imagination!
Nous n'avons pas une minute à perdre. Montez vous
déshabiller!

HORACE

Ne montez pas, je vous le défends!

LA MÈRE *frappe et entre, mutine.*

Coucou! Vous savez la bonne surprise!

HORACE *va à elle.*

Oui. Qu'avez-vous fait? Qu'avez-vous dit?

LA MÈRE

Ah! mon enfant, comme l'amitié est une douce
chose! T'ai-je assez parlé de Géraldine Capulat? Je la
croyais morte : elle vit, la chère âme! Ce que je lui
ai dit, cher ami, mais tout, tout. Mon mariage malheureux, ma carrière artistique brisée, enfin tous mes espoirs
déçus. Ah! mes amis! Vous ne pouvez pas savoir ce que

Géraldine a été pour moi! Toutes deux blondes, toutes deux follement romanesques : on nous prenait pour les deux sœurs.

HORACE

Mais comment lui avez-vous expliqué votre présence au château?

LA MÈRE

Mais le plus simplement du monde! Me croyez-vous donc capable d'être prise de court, cher Monsieur? Je lui ai dit que je faisais partie de l'orchestre.

HORACE et ROMAINVILLE

Ouf!

LA MÈRE

Seulement elle ne m'a pas crue. Je jouais de malheur. Il paraît que ce sont des nègres. Alors vous savez ce que j'ai fait? J'ai la plus entière confiance en Géraldine. Je lui ai fait jurer sur notre ancienne amitié de garder à jamais le secret et je lui ai tout dit.

HORACE et ROMAINVILLE, *épouvantés.*

Tout?

LA MÈRE

Tout.

ROMAINVILLE, *à Isabelle.*

Montez vous déshabiller tout de suite!

HORACE

Mais enfin quoi, tout? Vous ne savez rien.

LA MÈRE

Non, mais vous savez comme je suis romanesque!
Une grande enfant. Je suis incorrigible. J'ai brodé tout
un conte bleu!

ROMAINVILLE

Un conte bleu?

HORACE

Quel conte bleu?

LA MÈRE

Un vrai conte couleur d'azur! Ah! Je sens que vous
allez me gronder!

HORACE

Mais à la fin, qu'avez-vous pu dire?

LA MÈRE

Rien, des folies, des mots, des rêves! J'ai dit que
vous étiez amoureux de la petite et que vous l'aviez
fait passer pour la nièce de Romainville afin de l'introduire au château.

ISABELLE *crie, rouge de honte.*

Qui t'a permis, maman?

ROMAINVILLE

Malheureuse! Mon cher Horace, à l'heure qu'il est,
votre tante sait tout. Je ne sais pas ce que vous allez

faire, moi je décampe. Tant pis, je ne la reverrai pas
de ma vie! Montez vous déshabiller, vous!

HORACE *va pour sortir.*

Il faut aller trouver Capulat. Il faut obtenir qu'elle
ne dise rien.

> *A la porte, il se heurte à M*^{me} *Desmermortes
> poussée dans son fauteuil par Capulat. On cache
> la mère comme on peut.*

Mme DESMERMORTES

Où courez-vous, mon cher Horace? Je viens voir
ma jeune invitée. Pourquoi la cachez-vous dans ce petit
coin noir? Mes compliments, mon bon ami.

ROMAINVILLE *sursaute.*

Vos compliments! Quels compliments?

Mme DESMERMORTES

Elle est charmante, Romainville!

ROMAINVILLE

Non!

Mme DESMERMORTES

Comment non?

ROMAINVILLE

Enfin, si!

Mme DESMERMORTES

Comment va-t-elle?

ROMAINVILLE

Très mal, justement. Un malaise.

Mme DESMERMORTES

Que me chantez-vous? Elle est toute rose. Une danse la guérira.

ROMAINVILLE *qui ne sait plus ce qu'il dit.*

Elle a peur de recevoir un télégramme!

Mme DESMERMORTES

Quelle drôle de peur! Comme elle a une jolie robe! C'est votre cadeau, mon tout bon?

ROMAINVILLE

Certes non!

Mme DESMERMORTES

Vous êtes contente de votre chambre, mon enfant? J'ai pensé qu'elle vous plairait. Demain matin vous aurez le soleil la première. Cela vous amuse au moins, ce bal?

ISABELLE

Oh oui, Madame!

Mme DESMERMORTES

Qui m'a dit que c'était votre premier bal?

ROMAINVILLE

Ce n'est pas moi!

Mme DESMERMORTES

C'est toi Horace? Non, c'est vrai, tu ne la connais pas. On vous a présentés au moins?

HORACE

Oui, ma tante, on nous a présentés.

Mme DESMERMORTES

Elle est ravissante, n'est-ce pas?

HORACE

Ravissante.

Mme DESMERMORTES

Alors pourquoi ne l'invites-tu pas? On joue la première valse.

HORACE

Ma tante, j'allais l'inviter. (A Isabelle.) Mademoiselle, est-ce que vous voulez bien m'accorder cette valse? (Sortant en valsant avec Isabelle, il passe près de Romainville à qui il jette :) Elle bluffe. Elle ne sait rien.

ROMAINVILLE

Elle sait tout.

Mme DESMERMORTES, qui les regardait partir.

Elle est fine, jolie, racée. Comment se fait-il, Romainville, que vous ne m'en ayez jamais parlé?

ROMAINVILLE *bafouille, malheureux.*

A vous dire vrai, ma chère amie, c'est un oubli que je ne m'explique pas moi-même...

Mme DESMERMORTES, *qui a fait signe
à Capulat de la pousser vers le bal.*

En somme si je comprends bien, c'est une Dandinet-Dandaine par les femmes?

ROMAINVILLE

Hé oui, mais...

Mme DESMERMORTES

Elle est donc apparentée aux Rochemarsouin?

ROMAINVILLE

Si l'on veut!

Mme DESMERMORTES

Si elle tient aux Rochemarsouin, c'est qu'elle est aussi Cazaubon.

ROMAINVILLE

Cela va de soi.

Mme DESMERMORTES

Le pauvre Antoine qui était Cazaubon par les Marsus et les Villeville lui serait donc un peu quelque chose, s'il vivait?

ROMAINVILLE

Oh! si peu! Et puis, enfin, il est mort!

Mme DESMERMORTES

Mais moi je suis encore vivante, Romainville! Et j'aime y voir clair dans ces questions de parenté. Il faut absolument que je situe cette petite. Voyons, vous dites que sa mère, qui était une Fripont-Minet, est morte.

ROMAINVILLE

Morte!

Mme DESMERMORTES *commence.*

La cousine de sa mère donc, une de Laboulasse...

ROMAINVILLE *la coupe.*

Morte aussi.

Mme DESMERMORTES

L'aînée? Celle que j'ai connue en pension, mais la cadette?

ROMAINVILLE

Morte, morte!

Mme DESMERMORTES

Comment, les deux?

ROMAINVILLE

Les deux!

Mme DESMERMORTES

Et du côté de son père. Du côté des Dupont-Pitard?

ROMAINVILLE

Tous morts!

Mme DESMERMORTES

Pauvre petite! Mais c'est une hécatombe autour d'elle!

ROMAINVILLE, *sortant, allègre.*

Un charnier!

> *Ils sont passés. En sortant, Capulat a laissé tomber sa longue écharpe mauve. La mère sort de sa cachette avec des précautions de grosse souris. Capulat réapparaît, pousse un petit cri en voyant la mère et se précipite.*

CAPULAT

J'ai dit que j'avais oublié mon écharpe!

> *Elles sont dans les bras l'une de l'autre.*

LA MÈRE

Géraldine! C'est un beau rêve!

CAPULAT

Ah! Josyane! C'est un roman!

LA MÈRE

Il l'adore! As-tu vu comme il la regardait, ma chère?

CAPULAT

C'est le Prince charmant. Il est follement riche!

LA MÈRE

Et beau comme la nuit! Il faut que tu m'aides, ma chère, la pauvre petite en mourrait!

CAPULAT

Je ferai tout, je ferai tout pour ton enfant, Josyane! Ah! toutes nos folies de Maubeuge, tu te souviens? La pâtisserie Marius Labonne!

LA MÈRE

Et les glaces de chez Pinteau!

CAPULAT

Et notre premier morceau à quatre mains, le soir de la fête des veuves? *La Valse des petites taupes. (Elle se met à chanter.)* Do, si, la, sol, fa, mi, ré, do.

LA MÈRE

Un succès, ma chère, un succès!

CAPULAT

Et le sous-préfet était là!

LA MÈRE, *chantant à son tour.*

Si, ré, si, sol, si, sol, ré, mi, fa, sol.

CAPULAT *enchaîne.*

Ré, do, si, ré, mi, la, do dièse!

ENSEMBLE, *elles achèvent, tête contre tête, mêlant leurs anglaises.*

La, si, do, ré, do, la, sol, la, sol, fa, mi, ré, do!

L'orchestre attaque sa valse reprenant les der- nières notes. Elles restent un instant bercées tête contre tête, puis Capulat se détache et s'éloigne furtive envoyant des baisers avec son écharpe. Elle a disparu comme un sylphe. La mère, les yeux mi-clos, la tête penchée sur ses mains, commence à valser toute seule. Josué paraît, il s'avance vers elle avec précautions comme un chasseur de papillons. Elle sort en valsant sans le voir. Il sort derrière elle.

LE RIDEAU TOMBE.

TROISIÈME ACTE

Derrière le rideau baissé, brillante musique de bal.
Au lever du rideau sur la scène des couples tournoient;
la danse finie, ils s'éloignent.

Mme Desmermortes entre en scène dans son fauteuil
poussé par Capulat.

CAPULAT, *après un temps.*

Le bal bat son plein.

Mme DESMERMORTES, *avec humeur.*

Qu'il le batte! Je m'ennuie comme une vieille tapisserie. Je n'ai jamais aimé danser, mais depuis que je
suis clouée à cette chaise, je trouve cela extravagant!
Vous avez jamais aimé cela, vous ma bonne?

CAPULAT *minaude.*

J'ai eu vingt ans.

Mme DESMERMORTES

Ah! bah! quand cela? Moi je vous ai toujours connu
le même âge.

CAPULAT

Ha! Madame, avant d'être chez Madame, quand j'étais chez Monsieur le Baron.

Mme DESMERMORTES

Chez le baron ou chez moi c'est tout comme. Vous êtes une bonne fille, Capulat, mais — je ne vous apprends rien — vous êtes laide. Quand on est laid, on n'a jamais vingt ans.

CAPULAT

On n'en a pas moins un cœur!

Mme DESMERMORTES

Ah! ma toute bonne. Cet instrument-là sans les autres ne sert à rien. Mais ne me faites pas dire de bêtises... Vous avez tout de même été heureuse, Capulat, digne et respectée. Pour une fille comme vous, c'est la meilleure part.

CAPULAT

Il y a des soirs — des soirs de bal comme celui-ci — où il y a dans l'air quelque chose d'inexprimable...

Mme DESMERMORTES

Je sais, ma chère. Ne l'exprimez pas. Cela ne vous irait point et de toute façon il est trop tard. Et puis, vous n'avez pas fait une si mauvaise affaire. Il vous reste le bon Dieu à vous. Une vie d'ennui, c'est un placement.

CAPULAT

Oh! Madame!

Mme DESMERMORTES

Vous irez vous asseoir sur les bons fauteuils à sa
droite et moi j'irai d'abord griller à petit feu pendant
deux ou trois mille ans. Bah! cela passe vite!...

CAPULAT

La miséricorde du Seigneur est infinie, Madame.

Mme DESMERMORTES

Il faut tout de même bien qu'il tienne ses pro-
messes, sans quoi les justes, comme vous, qui ont tout
misé là-dessus, seraient volés comme dans un bois. J'ai
toujours rêvé du jour du Jugement dernier. Un bruit
court parmi les Bienheureux : « Il paraît qu'il pardonne
aussi aux autres! » Alors cela les met dans une telle
rage, cela leur remue tellement la bile d'un seul coup
qu'ils ne peuvent plus se retenir, ils éclatent en impré-
cations épouvantables et ils sont damnés à l'instant
même. Avouez que cela serait comique!

CAPULAT

Oh! Vous ne pouvez pas penser cela, Madame!...

Mme DESMERMORTES

Bah ma chère!... Je puis tout penser. C'est bien le
moins maintenant que je ne peux plus rien faire. Poussez-moi donc plus près de la porte que je voie un peu
tous ces fous se trémousser C'est la nièce de Romain
ville qui danse avec mon neveu?

CAPULAT

Oui, Madame.

Mme DESMERMORTES

Elle a une fraîcheur inattendue cette fillette au milieu de toutes ces futures petites dames comme il faut. Il n'y a qu'elle qui n'a pas l'air de jouer la comédie. Pourquoi Romainville ne la montrait-il pas?

CAPULAT

Ah! Madame! Je lui trouve pour ma part un charme, une distinction, une grâce, comment vous dire?...

Mme DESMERMORTES, *qui regarde la salle.*

Comme vous voudrez, ma bonne, je ne vous écoute pas. Vous savez ce que je pense? Qu'il faudrait que nous nous amusions aussi ce soir, toutes les deux. Qu'est-ce que nous pourrions bien imaginer pour animer un peu cette soirée?

CAPULAT

Un cotillon?

Mme DESMERMORTES

Un cotillon, un cotillon! C'est bien de vous. C'est ce qu'on peut rêver de plus niais, ma chère! Ah! que ce bal est donc bête... Regardez-les tourner. Ils croient qu'ils s'amusent et ils ne pensent tous qu'à leur vanité et à leurs petites affaires. Le monde n'est plus drôle, il est temps de partir! J'ai connu des bals inouïs de mon temps. En 1902 à Biarritz, le duc de Médino-Solar était amoureux fou de lady Forgotten. Vous savez ce qu'il fit, ma chère? On donnait une redoute jaune, il vint en vert : c'était la couleur des yeux de sa maîtresse. Naturellement personne ne comprend. Le règlement de la redoute était formel, on veut lui interdire l'entrée. C'était un Espagnol ma chère, un homme terrible, il ne donne pas un mot d'explication, il tue l'huissier. Bien entendu, la fête continue. Leurs Altesses les Infants devaient l'honorer de leur présence. Les organisateurs décident même — toujours à cause des Altesses — que l'incognito restera respecté. Mais tous les policiers avaient des dominos jaunes. Ils vous invitaient à danser avec des regards et des moustaches terribles sous les masques. Seulement, comme ils n'invitaient que les dames, ils n'ont jamais pu retrouver le duc. Le lendemain il passait la frontière et se faisait tuer par un taureau à la grande course de Madrid. Voilà qui était vivre!...

CAPULAT

Ah! Madame. Qui sait si des événements tout aussi romanesques ne se déroulent pas ici même en ce moment!

Mme DESMERMORTES

Dans ce bal? Vous rêvez, ma bonne!

CAPULAT

Ah, Madame! Si un jeune homme, beau, riche, follement épris, avait imaginé pour introduire ici celle qu'il aime... Mais chut!... J'en ai trop dit! J'ai promis le secret.

Mme DESMERMORTES

Vous divaguez, Capulat. Quel jeune homme?

CAPULAT

Pas seulement un jeune homme. Une amie chère, un peu de jeunesse retrouvée! Ah! Madame, au déclin d'une vie sans azur, un cœur romanesque éclate quelquefois d'être mêlé de près à un conte de fées!

Mme DESMERMORTES

Quel cœur, quel conte de fées? Capulat, je ne vous suis pas.

CAPULAT

Imaginez, Madame, une intrigue troublante, un amour plus fort que les barrières sociales et que le scandale, une passion pure comme la mort, un travesti. Une mère tremblante qui se cache et voit son enfant triompher sans que jamais — jamais, touchante et sainte femme! — elle puisse dire son nom. Ah! les larmes me viennent, Madame, pardon!

Mme DESMERMORTES

Mais Capulat, expliquez-vous, mille tonnerres, au lieu de me pleurer sur la tête! Quelle mère tremblante, quel amour?

CAPULAT

Non! Chut! J'en ai trop dit! J'ai promis le secret!

Mme DESMERMORTES

Quel secret?

CAPULAT

Au plus profond de mon cœur, Madame, enfoui, brûlant, comme un diamant! Elle l'aime, il l'adore, il est riche, elle est pauvre! Il la déguise et l'introduit dans ce château. C'est magnifique!

Mme DESMERMORTES

Qui?

CAPULAT

Et tout le bal conquis ne s'occupe que d'elle. On chuchote le nom, on demande qui c'est. Elle passe comme une reine. Elle triomphe! Chère petite! Chère enfant des amours maubeugeoises! Ah pardon! Pardon! c'est trop! En moi quelque chose se brise!

Mme DESMERMORTES, *sévère.*

Capulat! Voilà vingt ans que vous êtes ma demoiselle de compagnie et vous ne m'avez jamais rien dit de drôle, mais je vous ai toujours comprise. Pour une fois que vos propos m'intriguent, j'exige de vous comprendre encore ou je vous chasse de mon service. Expliquez-vous!

CAPULAT

Non. Chut! J'en ai trop dit! J'ai promis le secret! Plutôt la misère, plutôt la mort! C'est cela, la mort! Tuez-moi, Madame, plutôt, tout de suite. Je souffre.

Mme DESMERMORTES

Qui vous parle de vous tuer? Capulat, je suis votre maîtresse. J'ai l'habitude d'être obéie sans en arriver à cette extrémité. D'ailleurs, je vous ai toujours donné mes vieilles robes. Vous me devez tout.

CAPULAT *éclate en sanglots.*

Je sais, je sais cela, Madame! Deux devoirs s'affrontent en moi! Ah! Madame, nous étions deux amies, deux pianistes! Jours heureux! Insouciance d'oiseaux! Une amie, que dis-je? une sœur. Je la croyais morte, je la pleurais. Je la retrouve. Elle me dit qu'elle faisait partie de l'orchestre! C'étaient des nègres, je m'étonne Alors elle avoue, elle me confie le cher secret. Le fol amour de ce jeune homme pour sa fille; la pieuse supercherie du bon ami!

Mme DESMERMORTES

Quel bon ami?

CAPULAT

Monsieur Guy-Charles Romainville, âme d'élite!...

Mme DESMERMORTES

Qu'est-ce qu'il a fait?

CAPULAT

Sa nièce n'est pas sa nièce! L'amour, l'amour l'a voulu! Un jeune homme qui vous est proche!... Mais chut! j'en ai trop dit! J'ai promis le secret!

Mme DESMERMORTES

A qui?

CAPULAT

A la bien chère, sur sa tête, sur l'amitié des jours
passés! Plutôt mourir! Mais ces violons! Ah! ces violons, Madame, je suis folle...

Mme DESMERMORTES

C'est ce qui me semble, ma fille. Poussez-moi donc
jusqu'à ma chambre. Nous n'entendrons plus les violons
et vous me direz les détails.

CAPULAT *se jette à genoux et lui baise la main.*

Ah! Madame! Vous êtes bonne! Ah! Madame! Vous
pouvez tout! Un mot de vous et les barrières tombent.
L'amour triomphe et la pauvre mère humiliée peut
enfin dire : « C'est mon enfant! »

Mme DESMERMORTES

Nous verrons cela. Poussez, ma bonne, et expliquez-
vous posément. Vous disiez que la nièce de Romainville...

CAPULAT

N'est pas sa nièce, Madame. Votre neveu l'aime à
mourir. Il a voulu, le cher enfant, — je me permets de
l'appeler ainsi — qu'elle soit la reine du bal. Il a fait
venir une robe de Paris, il a supplié sa sainte mère,
mon amie...

Mme DESMERMORTES

Mon neveu? Quel neveu? Frédéric?

CAPULAT

Non, Madame. Monsieur Horace. Mais chut! J'en ai trop dit! J'ai promis le secret!

Elles sont sorties.

Entrent Lady India et Patrice Bombelles dansant un tango mexicain.

PATRICE BOMBELLES

Sur le parc, ma chère, on m'a mis sur le parc. En plein nord. Brutalement, en plein milieu de l'après-midi, sans même m'avertir on a déménagé mes valises. Il paraît qu'on ne m'a pas trouvé. Mais je n'en suis pas dupe. Je n'ai pas quitté le billard. On ne m'a pas trouvé parce qu'on n'a pas voulu me trouver. C'est un coup monté, ma chère.

LADY INDIA

A qui a-t-on donné votre chambre?

PATRICE BOMBELLES

A la nièce de Romainville. Vous savez, cette petite qui a de jolis yeux. Mais cette jeune fille est un prétexte. La véritable raison est qu'il nous a vus hier et qu'il veut m'éloigner de votre appartement.

LADY INDIA

Vous brodez, mon cher, vous brodez. Il lui aurait fallu mettre ma tante dans son jeu. C'est impossible.

PATRICE BOMBELLES

Tout est possible avec lui. Je lui ai vu offrir un pot de vin à l'archevêque de Cantorbéry.

LADY INDIA

Et il l'a accepté?

PATRICE BOMBELLES

Non.

LADY INDIA

Et d'abord comment avez-vous pu voir qu'elle avait de jolis yeux?

PATRICE BOMBELLES

Qui, chère amie?

LADY INDIA

Cette nièce de Romainville.

PATRICE BOMBELLES *bat en retraite.*

Je n'ai jamais prétendu qu'elle avait de jolis yeux, Dorothée.

LADY INDIA

Prenez garde, Patrice! Mon amour pour vous est une chose exclusive et terrible. Si je savais que vous avez seulement regardé une autre femme, je vous abattrais comme un chien.

PATRICE BOMBELLES

Dorothée!

LADY INDIA

J'ai une conception sauvage et totale de l'amour. Ainsi vous voyez si vous dites vrai et si Romuald a réussi à nous faire changer de chambre parce qu'il a surpris notre baiser de l'autre soir. Je comprends fort bien qu'il songe à vous détruire. Je vais être franche, Patrice, je serais déçue qu'il ne le fît pas. Et vous?

PATRICE BOMBELLES

C'est-à-dire que dans un certain sens, chère amie...

LADY INDIA

Je trompe Romuald, c'est entendu, mais j'ai besoin d'avoir pour lui la plus exigeante estime. L'homme que j'aime doit être noble et courageux, mais l'homme que je trompe aussi. Il y a ainsi des êtres d'essence supérieure qui ne peuvent vivre qu'en beauté. Je suis de ceux-là. J'ai besoin de chiens de race, d'objets rares, d'hommes de premier plan autour de moi. Enfin Patrice, fier et susceptible comme vous l'êtes, avouez que vous seriez terriblement mortifié si la passion n'arrachait pas à Romuald un cri sauvage?

PATRICE BOMBELLES

C'est-à-dire, Dorothée..

LADY INDIA

Non. Non. Un homme comme vous ne peut désirer qu'une femme déjà farouchement aimée. Ah! rien de tiède, Patrice, entre des êtres comme nous! Brûlons intensément! Les autres sont peut-être là pour vivre, nous, nous sommes sur cette terre pour brûler.

PATRICE BOMBELLES

Oui, Dorothée.

LADY INDIA

D'ailleurs nous sommes bien bons de nous soucier
de lui; qu'il nous ruine. Moi j'adorerais être pauvre!
Seulement, je voudrais être vraiment pauvre. Tout ce
qui est excessif m'enchante. Et puis, il doit certainement
y avoir une grande poésie dans la misère, n'est-ce pas
Patrice?

PATRICE BOMBELLES

Certainement.

LADY INDIA

Comme cela serait amusant! Je te ferais ta vaisselle,
je cuirais, mon cher, pour toi. Je demanderais à Roeseda
Sœurs de me faire des petits tabliers très drôles. (Il
n'y a qu'elle, tu sais, qui pourrait me réussir ça.) Oh!
rien qu'un bout d'étoffe, une fronce, mais son chic!
Nous aurions des petites casseroles, des petits balais.
Tu travaillerais dans une usine. (Avec mes relations
au Comité des Forges, tu penses que je te trouverais
tout de suite une place de métallo.) Tu rentrerais le
soir harassé de fatigue et sentant très mauvais. Ce
serait délicieux! Je vous laverais, cher, avec une petite
éponge. Ah! que c'est beau, que c'est beau d'être
pauvre! Mais qu'il vienne!... Qu'attend-il? Son argent
me brûle. Je lui rendrai tout, tout de suite — sauf
les perles.

> *Messerschmann est entré et s'arrête n'osant les
> aborder.*

PATRICE BOMBELLES, *au comble de la terreur.*

Attention, le voilà! Bas les pattes!

LADY INDIA

La peur vous égare, Patrice!

PATRICE BOMBELLES

Vous ne me plaisez pas. Vous ne m'avez jamais plu.
Vous ne pouvez pas me plaire.

LADY INDIA

Comment?

PATRICE BOMBELLES

Je ne suis avec vous que par pure convenance. C'est
clair, vous m'ennuyez. D'ailleurs, je bâille.

Il bâille.

LADY INDIA

Patrice, je vous défends bien! Prenez mon bras. Nar-
guons-le au contraire... Sortons en dansant très ostensi-
blement ce tango.

PATRICE BOMBELLES

Vous êtes folle!

LADY INDIA

Quand la brute sommeille, il faut l'attaquer aux ban-
derilles. *(Haut, sortant dansant le tango avec lui.)* Avez-
vous vu des courses de taureaux, cher ami?

PATRICE BOMBELLES, *haut.*

Oui, chère amie, mais je n'aime pas cela.

LADY INDIA, *bas.*

Tenez-vous droit. N'ayons pas l'air de l'avoir vu. Qu'il ne sache pas encore si nous savons qu'il sait.

PATRICE BOMBELLES, *sortant tremblant et s'embrouillant dans les figures.*

Oui, mais s'il ne savait pas encore, Dorothée. Ne croyez-vous pas qu'en ayant l'air de trop savoir qu'il sait, nous risquons peut-être un peu inconsidérément qu'il sache?

Ils sont sortis. Messerschmann va les suivre. Il appelle Josué qui passait.

MESSERSCHMANN

Mon ami!

JOSUÉ

Monsieur?

MESSERSCHMANN

Ces deux personnes, en longeant cette terrasse, s'en vont bien vers les serres, n'est-ce pas?

JOSUÉ

Oui, Monsieur. Puis-je me permettre de prendre les ordres de Monsieur pour le souper de cette nuit?

MESSERSCHMANN

Des nouilles.

JOSUÉ

Sans beurre?

MESSERSCHMANN

Et sans sel.

JOSUÉ

Bien, Monsieur.

MESSERSCHMANN *fait un pas. Il se ravise.*

Dites-moi, mon ami?

JOSUÉ

Monsieur?

MESSERSCHMANN

En descendant cet escalier, je rejoins bien les serres par le verger, n'est-ce pas?

JOSUÉ

Oui, Monsieur. Mais si Monsieur cherchait à rejoindre les deux personnes de tout à l'heure, je prends la liberté de dire à Monsieur que j'ai suivi ces deux personnes du regard tout en prenant les ordres de Monsieur. Elles sont rentrées dans le corps du bâtiment par la petite porte du fond de la terrasse. Ces deux personnes sont donc très probablement remontées aux étages par le petit escalier intérieur.

MESSERSCHMANN

Ah, bien!

JOSUÉ *continue, impassible.*

Pour remettre un peu d'ordre dans leur toilette, sans doute, Monsieur.

MESSERSCHMANN *soupire.*

Sans doute, oui. Merci.

> *Il va sortir d'un autre côté. Josué s'incline, lui rappelant.*

JOSUÉ

Sans beurre.

MESSERSCHMANN *soupire, sortant sombre.*

Et sans sel.

> *Il est sorti. Josué sort de son côté. Les couples dansant une valse ont à nouveau envahi la scène. Frédéric traverse, rêveur, la foule des danseurs. Il semble chercher quelqu'un. Isabelle le suit de loin. Sur la fin de la danse, Frédéric rentre, toujours cherchant, par une autre porte. Il voit Isabelle derrière lui. Ils restent seuls, un peu gênés sur la scène déserte.*

ISABELLE

Excusez-moi.

FRÉDÉRIC

Pourquoi, Mademoiselle?

ISABELLE

J'ai l'air de vous suivre. J'entrais par hasard.

FRÉDÉRIC

Je le pense bien.

ISABELLE

Un beau soir.

FRÉDÉRIC

Oui, très beau. *(Un silence. On entend la musique du bal. Ils ne savent pas quoi se dire.)* Vous avez une très jolie robe.

ISABELLE

Oui, très jolie. *(Un temps encore, soudain elle demande :)* Vous y croyez, vous?

FRÉDÉRIC

A quoi?

ISABELLE

Aux fantômes.

FRÉDÉRIC

Un peu, pourquoi?

ISABELLE

Vous avez l'air du fantôme de votre frère à qui il serait arrivé quelque chose de très triste.

FRÉDÉRIC

C'est tout à fait cela.

ISABELLE

Vous êtes beau, vous êtes jeune, vous êtes riche. Qu'est-ce qu'il peut bien vous arriver de triste?

FRÉDÉRIC

D'être beau, comme vous dites, d'être jeune, d'être riche, et que cela ne me serve à rien. Excusez-moi. *(Il s'incline.)* Mademoiselle.

ISABELLE

Monsieur.

> *Frédéric est sorti dans le jardin. Une petite ritournelle peut-être. Horace surgit par l'autre porte.*

HORACE

C'est parfait!

ISABELLE

Je ne sais pas quoi lui dire. Je me sens honteuse devant lui.

HORACE

Excellent!

ISABELLE

Il va se demander pourquoi je le suis partout, pourquoi j'essaie toujours de lui adresser la parole.

HORACE

C'est ce que je veux.

ISABELLE *tombe assise.*

Je n'en peux plus.

HORACE, *sévère*.

Il est minuit et vous êtes engagée jusqu'à l'aube, Mademoiselle. Debout! D'ailleurs vous êtes bonne et c'est une bonne action que vous faites de remonter un peu ce pauvre garçon. Je vous assure que vous ne le regretterez pas... Bravo! Regardez-le avec ces grands yeux-là. Vous êtes une comédienne étonnante. Où avez-vous trouvé ce regard?

ISABELLE

C'est le mien.

HORACE

Compliments! Posez-le sur lui toute la soirée. Il ne peut pas ne pas être touché.

ISABELLE, *doucement*.

Sur lui ce ne sera peut-être pas le même.

HORACE

Quelque chose d'approchant suffira. Cher petit frère! Il a tellement peu l'habitude d'être regardé gentiment. Attention, le voilà qui revient. Vous voyez bien qu'il a envie de vous parler. Du sang-froid, de l'imagination. Je vous écoute.

> *Il disparaît. Frédéric rentre.*

FRÉDÉRIC

Mon frère vous cherchait tout à l'heure.

ISABELLE

Je ne sais pas.

FRÉDÉRIC

D'habitude, quand mon frère cherche une jeune fille, elle le sait.

ISABELLE

Vraiment, je ne l'ai pas remarqué.

FRÉDÉRIC

N'est-ce pas qu'il est beau, mon frère?

ISABELLE

Oui. Très beau.

FRÉDÉRIC

Nous nous ressemblons comme deux gouttes d'eau, mais il n'y a que les hommes qui s'y trompent. Les femmes savent toujours quand c'est lui. A quoi peuvent-elles le voir?

ISABELLE

Je ne sais pas.

FRÉDÉRIC

Je crois que lui ne les regarde pas, c'est pour cela. Vous avez une très jolie robe.

ISABELLE

N'est-ce pas? Il n'est pas seulement beau.

FRÉDÉRIC

Qui?

ISABELLE

Votre frère.

FRÉDÉRIC

Oui. Il est très intelligent, bien plus que moi. Très
courageux aussi, très intrépide. Toujours prêt à marcher
sur les corniches ou à mettre ses mains dans le feu. Je
ne crois pas cependant qu'il puisse faire une toute
petite chose, tous les jours, pendant très longtemps. Je
ne crois pas qu'il puisse aimer. C'est peut-être pour
cela qu'on l'aime. Il est très dur. Il est très bon d'ailleurs
aussi.

ISABELLE

Il vous aime beaucoup. Il ne voudrait pas que vous
ayez mal.

FRÉDÉRIC

Oui, cela l'agace. Ce n'est peut-être pas parce qu'il
m'aime beaucoup, mais cela l'irrite de me voir souffrir
Il n'aime pas que l'on souffre. Surtout d'amour. *(Il se
lève.)* Je vous assure qu'il vous cherche, Mademoiselle.
Je cherche justement une jeune fille de mon côté. Si
je le rencontre en la cherchant, voulez-vous que je lui
dise que vous êtes là?

ISABELLE

Vraiment, non. Merci.

FRÉDÉRIC

Il est beaucoup plus amusant que moi.

Je suis très bien près de vous. Restez, je vous en prie.

> FRÉDÉRIC *la regarde, étonné*
> *et tombe assis près d'elle en soupirant.*

Oh! que c'est triste!

> ISABELLE, *un peu surprise.*

Qu'est-ce qui est triste?

> FRÉDÉRIC

Excusez-moi. Ce n'est pas très poli ce que je vais vous dire et c'est peut-être même un peu méchant, et je ne voudrais pas être méchant, mais si c'était cette jeune fille que je cherche en vain dans ce bal qui m'avait dit ce soir ce que vous venez de me dire, je crois bien que je serais mort de bonheur.

> ISABELLE *sourit gentiment.*

Alors, il vaut mieux que ce soit moi qui l'ai dit. *(Elle se lève.)* D'ailleurs ce n'est ni impoli ni méchant et c'est un sentiment que je comprends très bien, moi aussi.

> FRÉDÉRIC *se lève aussi.*

Vous êtes bonne. Excusez-moi tout de même. Mademoiselle.

> ISABELLE

Monsieur...

> *Il est sorti. Horace entre aussitôt, par la même*
> *porte, de très mauvaise humeur.*

HORACE

Ah! non, Mademoiselle, non! Je ne vous ai pas engagée pour cela!

ISABELLE

Qu'ai-je fait?

HORACE

Ces soupirs, cet air de dire que vous aussi, vous seriez mieux avec un autre! Que ce soit la dernière fois. On vous paie pour jouer un rôle, eh bien! ma chère, jouez-le. Et sans honte. Il n'y a pas de sot métier. Le seul point c'est de le bien faire.

ISABELLE, *doucement.*

Arrêtez-vous.

HORACE

Pourquoi?

ISABELLE

Si vous me parlez encore sur ce ton, je vais pleurer.

HORACE

Excellent! Je n'osais pas vous le demander, les larmes forcées ont toujours quelque chose de grotesque. Mais, si vous pleurez de vous-même, excellent. Le cher petit frère va fondre.

ISABELLE

Pourquoi n'avez-vous pas de cœur?

HORACE

Parce que mon frère en a trop, Mademoiselle. Nous sommes nés en même temps. Il s'est fait entre nous un partage. J'ai eu autre chose, il a eu tout le cœur.

ISABELLE

Vous le voyez pourtant que je suis malheureuse?

HORACE

Délicieusement. Vous avez une façon d'être malheureuse qui attendrirait un rocher. Avez-vous une sœur jumelle dont vous avez pris tout le cœur, vous aussi?

ISABELLE

Je vous déteste.

HORACE

J'y compte bien! Dites du mal de moi avec mon frère. Ayez des déluges d'attendrissement tous les deux. C'est dans mon plan.

ISABELLE

Vous ne pensez pourtant pas que c'est pour votre robe, pour votre cachet de danseuse que je vous obéis ce soir?

HORACE

Mais non, chère petite âme, je ne pense rien d'aussi laid.

ISABELLE

Cela m'est égal, votre frère. Cela m'est égal de le guérir, égal d'être élégante et que tout le bal me regarde. J'ai l'habitude d'abord que les hommes me regardent, même quand je ne suis pas aussi bien habillée. Vous croyez que c'est amusant?

HORACE

Non, mon petit cœur, c'est affreusement triste. Vous êtes la plus malheureuse du monde. Ne vous retenez donc plus, laissez-vous aller.

ISABELLE

C'est laid, c'est obscène, les regards des hommes! Cela se pose sur vous comme des chenilles, comme des limaces, cela se glisse partout.

HORACE

Fi! Quelle horreur! Et comme je vous comprends d'être désespérée. Pleurez, pleurez, mon petit rat. Là, c'est bien. Vous voyez comme c'était facile.

ISABELLE, *pleurant.*

Je vais avoir les yeux rouges. C'est malin!

HORACE

C'est inespéré! (*Il se jette soudain à genoux et déclame, assez faux d'ailleurs.*) Ah! Isabelle, chère Isabelle! Moi aussi je souffre, moi aussi je meurs!

ISABELLE *s'arrête de pleurer.*

Qu'est-ce que vous faites?

HORACE

Il revient. Gardez la pose. Je veux qu'il me trouve à vos pieds.

ISABELLE

Oh! C'est indigne!

HORACE, *à genoux.*

Oui, ma chère. Mon cœur déborde! J'en suis couvert! C'est une inondation de cœur! Vient-il vers nous?

ISABELLE

Oui. Levez-vous, je vous en supplie.

HORACE

Je tente un grand coup. Tant pis! Je vous embrasse!

Il la prend dans ses bras et l'embrasse. Elle se laisse aller avec un petit cri.

ISABELLE

Monsieur Horace! *(Elle demande soudain.)* Pourquoi tant pis?

HORACE *s'incline devant elle, très froid.*

Excusez-moi. Il le fallait.

Il se sauve. Elle tombe en larmes sur le canapé

ISABELLE

Oh! J'ai trop honte!

FRÉDÉRIC *entre.*

Mais vous pleurez?

ISABELLE

Oui.

FRÉDÉRIC

Vous devriez pourtant être contente, mon frère vient
de vous embrasser. D'habitude les autres rient, elles
sont rouges et elles ont soudain envie de bouger, de
danser, de parler très fort. Vous, vous êtes toute pâle et
vous pleurez.

ISABELLE

Oui.

FRÉDÉRIC

Je m'excuse. C'est peut-être moi qui l'ai fait fuir?

ISABELLE

Non.

FRÉDÉRIC

Ne soyez pas malheureuse. Il y a bien assez de moi
dans ce bal. D'ailleurs je ne sais pas pourquoi. Je crois
que je ne pourrais pas supporter que vous soyez
malheureuse.

ISABELLE

Laissez-moi.

FRÉDÉRIC

Mademoiselle, je sais que le chagrin des autres ne
console pas beaucoup, mais je vais vous dire quelque

chose tout de même, quelque chose dont je suis presque
sûr, depuis hier. Je crois que cette jeune fille ne m'a
choisi que parce qu'elle ne pouvait pas épouser mon
frère. Elle s'est dit : « Puisque l'autre ne veut pas,
prenons celui-là qui est son image. »

ISABELLE

Si c'était vrai, ce serait bien laid.

FRÉDÉRIC

C'est tout de même une chance. Elle aurait pu ne pas
me choisir du tout. D'ailleurs, j'ai l'habitude. Quand
nous étions petits, que mon frère faisait une bêtise et
que la gouvernante ne pouvait pas le prendre, c'était
aussi moi qu'elle punissait. Je suis une sorte de figurant.
Ce n'est jamais très vrai ce qui m'arrive.

ISABELLE

Vous aussi?

FRÉDÉRIC

Pourquoi, moi aussi? Vous êtes une vraie jeune fille,
vous. Et je ne voudrais pas vous faire un compliment
trop fade — ce n'est pas le moment — je suis sûr
qu'on ne vous confond pas.

> *Isabelle regarde au loin. Elle s'est raidie. Elle
> fait des signes de dénégation à quelqu'un dans la
> coulisse. Finalement, elle s'écrie.*

ISABELLE

Ce n'est pas à cause de lui que je pleure, Monsieur!

FRÉDÉRIC

Comment?

ISABELLE

C'est à cause de vous!

FRÉDÉRIC

Mais mon frère vous a embrassée.

ISABELLE

Il m'a forcée! Ce n'est pas votre frère que j'aime!

FRÉDÉRIC

Mais qui est-ce?

ISABELLE *lui crie soudain.*

C'est votre frère, mais bon, mais tendre et un peu triste et capable d'amour. C'est votre frère, mais c'est vous! *(Elle en a dit trop; elle se sauve avec un petit cri.)* Oh!

FRÉDÉRIC *pousse aussi un petit cri désemparé.*

Oh!

> *Et il sort de son côté. Horace rentre traînant Isabelle.*

HORACE

Très bien! Mais il ne fallait pas vous sauver. C'est la première fois qu'on lui dit qu'on l'aime, pauvre petit lapin. Regardez-le, cela lui a donné envie de courir. Brusquons les choses. La jalousie tout de suite tant que c'est chaud! Un troisième jeune homme est amoureux de vous!

ISABELLE

Quel jeune homme?

HORACE

C'est mon affaire, je le trouverai. Furieux de voir que je ne vous quitte pas, il me provoque ce soir même et nous nous battons.

ISABELLE

Vous êtes fou!

HORACE

Un duel au clair de lune, dans le petit bois, pendant le souper. On entendra les coups de pistolet. On arrêtera l'orchestre et tous les convives sortiront avec les candélabres du salon pour chercher le corps dans le parc. Pendant ce temps, folle d'amour — car vous êtes folle d'amour, c'est bien entendu, ma chère? — vous vous jetez dans le grand bassin. Vous nagez? D'ailleurs c'est sans importance, vous avez pied et je serai là. Je vous repêche, je vous ramène, je vous pose toute mouillée sur l'herbe devant mon frère et je lui dis: « Voilà ce que tu as fait! » Après cela, s'il ne vous aime pas, le bougre, c'est qu'il est encore plus fort que moi. Vous hésitez, vous avez peur de la baignade peut-être? Je triplerai votre cachet et je vous achèterai une autre robe. *(Il la prend dans ses bras avant qu'elle ait pu reculer. Il lui dit soudain comme un petit garçon gâté.)* Soyez gentille, acceptez, Mademoiselle, pour me faire plaisir. Je m'amuse tellement ce soir et c'est si rare pour moi.

ISABELLE *se dégage et se sauve soudain*
avec le même petit cri blessé que tout à l'heure.

Oh!

DIANA *entre soudain.*

Frédéric!

HORACE *se retourne.*

C'est Horace.

DIANA

Ah? pardon.

HORACE

Je n'ai pas rougi. Celui qui ne rougit pas, c'est Horace. Je vous donne le truc, il peut vous être utile. C'est comme cela que notre bonne s'y retrouvait autrefois pour les gifles. D'ailleurs, pour être plus sûre, elle nous giflait tous les deux et Frédéric n'avait jamais rien fait, déjà! Vous le cherchez?

DIANA

J'ai cru que c'était lui qui embrassait cette jeune fille. Mais c'était vous, c'est tout différent. Pardon. Vous avez vu votre frère?

HORACE

Bien sûr. Sauf vous, tout le monde l'a vu. Il erre comme une âme en peine dans le désert de ce bal. Vous

voulez vous assurer que, ce soir encore, vous lui avez
bien brisé le cœur?

DIANA

Je ne cherche à briser le cœur de personne. Vraiment, cela ne m'amuserait pas. *(Elle fait un pas,
s'arrête.)* A propos, Frédéric m'a assuré que ce n'était
pas lui qui m'avait embrassée hier dans le parc. J'ai
menti pour qu'il n'ait pas trop de peine. J'ai dit que
j'avais tout imaginé. Est-ce vous qui vous seriez permis
cette plaisanterie détestable?

HORACE, *cherchant.*

Hier? Dans le parc? Vers quelle heure?

DIANA

Ne cherchez pas, je vous en prie, Horace. J'espère
que vous n'avez embrassé que moi.

HORACE

Après le dîner? Non, vous devez faire erreur, ma
chère. Je jouais au billard avec Patrice Bombelles.

DIANA

Frédéric m'a juré que ce n'était pas lui.

HORACE

Je ne vois qu'un troisième larron profitant d'une
vague ressemblance.

DIANA

Vous avez tort de jouer ainsi avec l'amour de votre
frère, Horace, c'est cruel. Si au moins vous m'aimiez.

Si au moins c'était plus fort que vous. Mais ce n'est pas plus fort que vous, n'est-ce pas?

HORACE

Vous me mettez dans une situation impossible, ma chère. Je vais être obligé de vous dire que non.

DIANA

Je vous déteste!

HORACE

Vous aussi? Je suis bien peu aimé ce soir. Avez-vous vu Patrice Bombelles? On me dit qu'il me cherche partout. C'est cocasse, lui non plus n'est pas content de m'avoir trouvé dans les bras de cette jeune fille. Il paraît qu'il est fou d'elle, je l'ignorais. Décidément tout le monde est fou de cette petite! Elle est d'ailleurs charmante et elle a une très jolie robe elle aussi, vous ne trouvez pas? Adieu. Dois-je vous envoyer mon frère?

DIANA

Je vous remercie. Je le retrouverai. (*Il est sorti. Diana reste seule, toute raide, soudain elle appelle.*) Papa!

MESSERSCHMANN *entre.*

Mon enfant?

DIANA

Es-tu riche?

MESSERSCHMANN

On me le dit.

DIANA

Peux-tu tout comme lorsque j'étais petite?

MESSERSCHMANN

Presque tout.

DIANA

Ils nous ont chassés de partout quand nous étions pauvres tous les deux, tu te rappelles? quand nous allions de frontière en frontière, serrés l'un contre l'autre dans les wagons de bois.

MESSERSCHMANN

Pourquoi reparles-tu de cela ce soir?

DIANA

Tu te rappelles? Quand la petite fille à la robe trouée qui te suivait avait soif, pendant les trajets interminables, tu avais beau être un pauvre petit Juif refoulé de tous les pays d'Europe, tu devenais arrogant. Tu allais jusqu'au wagon-restaurant où on n'avait pas le droit d'entrer, à travers tous les wagons de première et avec tes derniers sous tu lui rapportais des oranges. C'est vrai, dis, cela? Je ne l'ai pas rêvé?

MESSERSCHMANN

Non. Mais tu as grandi depuis, ma petite fille. Entourée de tant de luxe, de tant d'esclaves, que j'espérais que tu aurais oublié.

DIANA

J'avais oublié. Mais ce soir, ils recommencent, papa

MESSERSCHMANN

Qui recommence? Quoi?

DIANA

Tous. A nous humilier.

MESSERSCHMANN

Tu rêves. Ils tremblent devant moi. Je lève un doigt et ils n'ont déjà plus que la moitié de leurs petites rentes.

DIANA

Tu crois que je ne te vois pas derrière cette femme? Tu as beau lui donner plus d'argent qu'à toutes les autres, elle se moque de toi, papa.

MESSERSCHMANN, *doucement.*

Je suis vieux, je suis laid, ma petite fille. Ce sont mes affaires. D'ailleurs, il ne me déplaît pas qu'elle me traite ainsi. Elle nargue, elle se pavane, elle me dit que je suis un vilain vieux Juif, mais je la tiens par le fil de son collier de perles comme une carpe à un hameçon et elle revient toujours. D'ailleurs c'est un fait que je suis un vilain vieux Juif et tous les soirs je vais gratter à la porte de sa chambre et lady Dorothée India, la plus jolie femme de la cour d'Angleterre, me reçoit tous les soirs en me couvrant de mépris, parce qu'elle a tous les soirs quelque chose à me demander. C'est un sentiment assez doux pour un vilain vieux Juif — mépris compris.

DIANA

Moi, je suis belle, moi je suis jeune et je n'ai pas de ces sentiments-là!

MESSERSCHMANN

Bien sûr, ma petite gazelle, ma petite reine de Saba...

DIANA

Pourtant, ils essaient de m'humilier, moi aussi, papa.

MESSERSCHMANN

Tu as voulu ce garçon, je te l'ai acheté. Il se dérobe maintenant?

DIANA

Tu ne me l'as même pas acheté, il m'aime. Un joli cadeau! Je l'avais pour rien. Son frère se moque de moi.

MESSERSCHMANN

Je suis riche, mais je ne peux pourtant pas te les offrir tous les deux. Non pas parce que je ne suis pas assez riche, mais parce que cela ne se fait pas. Epouse celui que tu préfères, il est à toi.

DIANA

Tu n'es pas assez riche, papa, pour m'acheter celui que je préfère. C'est pour cela que j'ai pris l'autre.

MESSERSCHMANN

Pas assez riche, moi? Ne me fais pas mettre en colère.

DIANA

Tu sais ce qu'ils ont fait? Tu sais ce qu'il a fait, car c'est lui, j'en suis sûre. Il a fait venir cette jeune fille. Elle tourne autour du pauvre Frédéric, qui n'y comprend rien, et lui qui ne s'occupe de personne, l'insensible, le bel Horace, il ne la quitte pas. Tout le monde s'étonne et le bal n'a d'yeux que pour elle maintenant. Et on me laisse. Et je meurs qu'on me délaisse, même un tout petit peu. J'aime mieux déchirer ma robe tout de suite, me griffer les joues, devenir laide. Au secours, papa!

MESSERSCHMANN, *devenu sombre.*

Qui est cette jeune fille? Je ne peux presque rien sur une jeune fille.

DIANA

La nièce de Romainville.

MESSERSCHMANN

Bien. Je peux peut-être quelque chose sur ce Romainville. Qui est-il?

DIANA

Ce gros homme qu'on t'a présenté hier. Celui qui a l'air si respectable avec sa grosse Légion d'honneur.

MESSERSCHMANN

Je n'ai plus peur des Légions d'honneur... D'ailleurs j'en ai une. Je n'ai plus peur des airs respectables. C'était bon tout au début. Qu'est-ce qu'il fait? D'où vient son argent? Renseigne-toi.

DIANA

Si tu crois que j'ai envie d'aller questionner tous ces gens qui ne s'occupent pas de moi! Il est administrateur comme tous ces hommes-là. Vous les employez tous, pour faire bien, dans vos Conseils.

MESSERSCHMANN

Ils sont commodes. De quoi celui-là fait-il semblant de s'occuper? de l'acier, du ciment, des sulfates?

DIANA

Il me semble qu'il a parlé de la Bromfield.

MESSERSCHMANN

C'est bien. Mène-moi à lui. Qu'est-ce que tu veux qu'il fasse, ma gazelle, pour t'être agréable? Qu'il renvoie sa nièce tout de suite au milieu du bal? Qu'il l'oblige à mettre une autre robe?

DIANA

C'est impossible, papa.

MESSERSCHMANN

S'il a un sou dans les sulfates, c'est possible.

DIANA

Tu n'es qu'un vieux Juif, trop riche. Tu crois que tu peux tout. Tu ne peux pas tout! Tu ne connais pas ces gens-là. Ils ont autre chose qui les passionne et qu'ils appellent leur honneur.

MESSERSCHMANN

Ils le disent. Ils n'ont même que ce mot-là à la bouche. Mais mène-moi tout de même à lui, je n'ai pas peur de son honneur. S'il a un sou dans les sulfates, il n'en a plus.

DIANA

Vieux Juif! Tu crois que tu es invincible. Vous êtes tous les mêmes : fous d'orgueil dès que vous avez quatre sous.

MESSERSCHMANN, *tout doucement.*

Quatre sous! Quatre sous! Tu exagères!

DIANA

L'argent ne peut rien! Tu auras beau en amasser encore dix fois comme tu en as, tu n'en auras jamais assez pour t'éviter d'être humilié et empêcher ta fille de souffrir. Ils sont plus forts que nous, papa, avec leurs portraits pleins de poussière et leurs maisons qui ne tiennent plus debout. Ils veulent bien prendre notre argent pour payer les réparations, mais c'est tout. Ah! je te hais, je te hais d'être ta fille! J'aurais tant voulu être comme eux!

MESSERSCHMANN *est devenu tout pâle.*

Je n'aime pas que tu me dises des choses pareilles. Mène-moi à cet homme.

> *Il l'a prise par la main, ils sortent.*
> *Entrent Patrice Bombelles et Horace par deux côtés différents. Thème héroïque et combatif à l'orchestre.*

HORACE

Monsieur?

PATRICE BOMBELLES

Monsieur.

HORACE

Je vous cherchais.

PATRICE BOMBELLES

Moi, Monsieur?

HORACE

Oui, Monsieur. J'ai à vous parler.

PATRICE BOMBELLES

A quel sujet, Monsieur?

HORACE

Vous étiez bien dans le parc hier, n'est-ce pas, avec lady Dorothée India, ma cousine?

PATRICE BOMBELLES

Peut-être, Monsieur.

HORACE

Je vous observais sans penser à rien. Vous sembliez avoir une discussion passionnée.

PATRICE BOMBELLES

Toute mondaine, Monsieur!

HORACE

Je n'en doute pas. Mais à un certain moment vous avez dû la mettre hors d'elle. Cette dame vous a giflé.

PATRICE BOMBELLES

Moi, Monsieur?

HORACE

Vous.

PATRICE BOMBELLES

Vous faites erreur, Monsieur.

HORACE

Non, Monsieur.

PATRICE BOMBELLES

C'est-à-dire, cette dame m'a peut-être giflé, mais ce n'est tout de même pas une raison pour penser ce que vous avez l'air de penser, Monsieur!

HORACE

Qu'ai-je l'air de penser?

PATRICE BOMBELLES

Après tout, que diable! une gifle n'est pas toujours un signe d'entente entre un homme et une femme.

HORACE

Certes non.

PATRICE BOMBELLES

On gifle des indifférents, Monsieur, des inconnus.
Cela ne prouve absolument rien. Ainsi, si je vous giflais
maintenant de but en blanc, en iriez-vous déduire et
colporter partout qu'il y a entre nous des relations
amoureuses?

HORACE

Je m'en garderais bien.

PATRICE BOMBELLES

Alors, Monsieur, pourquoi cette attitude provocante,
ces clins d'yeux, ces sourires, ces demi-mots, ces rica-
nements le soir sur les terrasses en faisant semblant de
vous étrangler dans la fumée de vos cigares? Car je
n'ai pas été dupe, hier, Monsieur, pas dupe un seul
instant!

HORACE

Vous êtes très clairvoyant.

PATRICE BOMBELLES, *soudain effondré.*

Oui, Monsieur, c'est ce qui me perd. Toujours aux
aguets, toujours aux aguets! Je vois tout, je devine tout.
Je n'en peux plus.

HORACE

Voilà ce que je voulais vous faire dire. *(Il lui prend
le bras.)* Parlons gentiment comme deux grands garçons. J'ai besoin de vous. Vous êtes jeune, vous êtes
charmant, mais vous devez aimer la tranquillité.

Avouez-moi donc, entre quatre yeux, que cette vieille liaison avec cette folle vous assomme?

PATRICE BOMBELLES

Je n'ai rien dit de tel, Monsieur!

HORACE

Naturellement. Mais parlons net, voulez-vous? Vous êtes dans une situation sans issue. Si Messerschmann apprend qu'elle est votre maîtresse...

PATRICE BOMBELLES, *terrifié*.

Pas les mots, Monsieur, pas les mots!...

HORACE

Il vous casse les reins.

PATRICE BOMBELLES

Tout de suite, Monsieur — pour toujours. Et ce n'est pas seulement les sulfates, c'est toute l'industrie qui m'est fermée.

HORACE

Et d'un autre côté si cette folle apprend que vous la délaissez, elle en parle de dépit à Messerschmann, elle lui fait une petite danse et elle obtient comme Salomé qu'il vous casse les reins tout de même.

PATRICE BOMBELLES

Voilà deux ans, Monsieur, deux ans que cela dure!

HORACE

Eh bien! mon cher, cela va finir ce soir.

PATRICE BOMBELLES

Comment cela?

HORACE

Oh! d'une façon toute simple... Oui, c'est passionnant ces dilemmes, mais tout seul, on ne s'en sort
jamais. J'ai pitié de vous, mon cher, et comme, par
ailleurs, cela m'arrange, je vous aide. Figurez-vous que
vous êtes chez le dentiste. Vous avez sonné, vous vous
êtes assis dans le fauteuil. Vous avez désigné la dent
malade, l'autre a saisi ses instruments, vous êtes une
grande personne : c'est trop tard, vous ne pouvez plus
reculer.

PATRICE BOMBELLES

Que dois-je comprendre?

HORACE

Ceci. Il va falloir choisir. Ou vous refusez de
m'obéir ce soir et je vous le dis tout net, je m'arrange
pour que votre patron apprenne votre liaison cou-
pable...

PATRICE BOMBELLES

Non!

HORACE

Comment non?

PATRICE BOMBELLES

Vous êtes un gentleman, vous ne le ferez pas.

HORACE

Si. Je n'enverrai pas de lettre anonyme. Je ne soudoierai pas un domestique. Je le ferai comme un gentleman, mais je le ferai.

PATRICE BOMBELLES

Je vous méprise, Monsieur.

HORACE

Bien.

PATRICE BOMBELLES

Cela vous est égal que je vous méprise?

HORACE

Tout à fait!

PATRICE BOMBELLES, *vaincu.*

Soit. On ne peut plus discuter. Que voulez-vous que je fasse?

HORACE

Que vous choisissiez dans l'alternative, l'autre façon de vous suicider. Il y a ici une jeune fille qui est charmante. Pour des raisons très importantes que je n'ai pas à vous révéler, j'ai besoin que vous ayez l'air passionnément amoureux d'elle.

PATRICE BOMBELLES

Moi, Monsieur?

HORACE

Vous. Ce n'est pas tout. Comme vous m'avez vu dans les bras de cette jeune fille, dans un accès de fureur jalouse, vous avez décidé de me souffleter.

PATRICE BOMBELLES

Moi, Monsieur?

HORACE

Vous. Venez avec moi, nous allons régler l'incident Nous nous battrons ensuite au pistolet dans le petit bois, au clair de lune. N'ayez pas peur, je tire très bien Je vous promets de ne pas vous atteindre.

> *Ils sont sortis.*
> *Entre Capulat suivie de la mère magnifiquement
> vêtue et emplumée.*

CAPULAT

Chut!

LA MÈRE

Chut!

CAPULAT

Madame vient!

> *Elles se serrent l'une contre l'autre.*

LA MÈRE

Moment troublant!

CAPULAT

Minute exquise!

LA MÈRE

Luxe enfin reconquis! Bijoux enfin portés!

CAPULAT

L'âme des violons chante dans la nuit grise!

LA MÈRE

Je viens de naître enfin par ce beau soir d'été!

CAPULAT

Josyane, ma sœur, de tant de soie bruissante,
Tu es une autre, soudain surgie du souvenir...
A Maubeuge déjà tu étais triomphante,
Tu étais la plus belle et me faisais souffrir.
Mais je blasphème, non! Ce n'était pas souffrance
De te savoir aimée et de souffrir par toi.
Et ce beau lieutenant dont tu fis connaissance
Il ne m'aurait pas vue, tu l'as aimé pour moi!

LA MÈRE

Ah! tête contre tête et mêlant nos anglaises
Blondes comme deux sœurs, te souvient-il des soirs
Sur le pupitre sombre où lasses des arpèges
Nous écrivions ensemble à ce bel ange noir?

CAPULAT

Missives enflammées! Amour inextinguible!
Toi tu tenais la plume et j'inventais les mots!

LA MÈRE

Quel petit dieu malin nous avait pris pour cible?
Folles que nous étions!

CAPULAT

Quelquefois c'était trop!
Je lui écrivais : « Viens, viens ce soir, prends-moi vite!
Tu frapperas trois coups et je serai à toi! »

LA MÈRE

Et moi je te laissais, souriante, et, ensuite...

CAPULAT

J'entendais les trois coups et je rentrais chez moi!

LA MÈRE

Pardon, petite sœur!...

CAPULAT

Te pardonner, Josyane?
Pour mon seul grand amour à travers toi vécu?
Te pardonner ce trouble au profond de mon âme,
Te pardonner ces joies qui ne reviendront plus?
Ah! le fier lieutenant du cent soixante-huitième,
S'il avait su pourtant que celle qu'il aimait
C'était le professeur de piano du cinquième
Cachée avec son cœur dans ton corps parfumé?

LA MÈRE

Six mois! Six mois durant nous fûmes ses amantes!

CAPULAT

Puis un enfant naquit dont j'étais mère aussi.
Avons-nous tricoté pour la tête charmante
Rêvant du lieutenant au régiment enfui?

LA MÈRE

Changé de garnison! J'écrivis à ma tante
Qui tenait un café-chantant à Montpellier.
Je me sentais trop seule...

CAPULAT

                    Et puis ce fut la pente...
Mais ce soir tu triomphes et vas tout oublier.
Les années de misère et le piano sordide
Et les compromissions où le sort t'accula,
Parais! Eblouis-les dans tes atours splendides.
Tu es pour une nuit, comtesse Funela!

> *La musique a repris. Capulat sort, furtive,*
> *envoyant des baisers à la mère.*

Chut!... Je vais chercher Madame!

> *Capulat sortie, Josué entre, cherchant toujours.*
> *Il s'arrête soudain cloué au sol en voyant la mère*
> *en grand appareil.*

JOSUÉ

Oh!

LA MÈRE

Mon ami, voulez-vous avoir l'obligeance de m'annoncer à votre maîtresse. La comtesse Funela!

JOSUÉ

La comtesse?

LA MÈRE, *superbe.*

Funela!

JOSUÉ *sort en appelant.*

Monsieur Horace! Monsieur Horace! Au secours!

Mme DESMERMORTES *entre,*
poussée par la Capulat.

Josué passe devant elle sans la voir.

Où court-il? Qu'y a-t-il? Le feu? Cela serait parfait.
Montrez-vous, ma chère! Elle est très réussie! Nous
pouvons entrer, nous allons faire sensation.

CAPULAT *lui baise la main.*

Ah! Vous êtes bonne, Madame.

Mme DESMERMORTES

Mais non, mais non, ma chère. On n'est jamais bon,
que dans les bons livres. Je ne fais cela que pour
ennuyer mon neveu. *(Entre Horace avec Josué.)* Mon
cher Horace, j'ai pensé que vous seriez heureux d'être
présenté à une de mes bonnes amies d'autrefois. La
comtesse Funela, que j'ai connue en Italie. Mon neveu
Horace, comtesse.

LA MÈRE

Enchantée, Monsieur.

HORACE *s'incline.*

Madame.

Mme DESMERMORTES

Venez, ma chère, et vous Capulat, poussez-moi. Je suis ravie de vous avoir revue après cette trop longue absence. Parlons de Venise. Quelle époque! Vous vous rappelez Palestrini? Quel fou! Il s'est éteint d'une jaunisse. Je vais vous présenter à tout le bal. Dites-moi, mon amie, vous aviez une fille, je crois, qu'est-elle devenue cette chère petite?

LA MÈRE

Oh! C'est toute une histoire, ma chère!

Mme DESMERMORTES

Hé bien, il faut me la conter!

Elles sont sorties.

JOSUÉ, *affalé.*

Voici la clef, Monsieur, elle n'a pu que passer par la fenêtre, ou bien c'est Madame qui lui a fait ouvrir. *(Il s'oublie jusqu'à s'asseoir.)* La comtesse Funela!... Je n'ai jamais rien vu de pareil. *(Il se relève précipitamment.)* Oh! Pardon, Monsieur.

HORACE

Qu'est-ce qu'il y a?

JOSUÉ

J'ai failli m'asseoir. Voilà trente ans que cela ne m'était pas arrivé.

ROMAINVILLE *entre criant.*

Arrêtez! Arrêtez! Arrêtez!

HORACE

Quoi?

ROMAINVILLE

Tout! Tout! Cette fois, c'est très grave... Arrêtez! Un traquenard abominable, une suite d'événements inattendus! Les dessous de la haute finance! Motus! Il faut que cette petite s'en aille à l'instant même, à l'instant même ou je suis ruiné.

HORACE

Qu'est-ce que vous racontez, vous aussi? Tout le monde est fou ce soir.

ROMAINVILLE

Je suis administrateur dans plusieurs sociétés de sulfates et dans une société de ciment.

HORACE

Je le sais. Quel rapport?

ROMAINVILLE

C'est pourquoi cette jeune fille doit quitter le bal à l'instant même. Oui, de puissants intérêts financiers l'exigent. Chut! Je ne veux pas vous expliquer. Manœuvres de Bourse. Si vous ne voulez pas m'aider, tant pis pour votre tante! J'aime mieux le scandale. J'aime mieux me brouiller pour la vie avec elle. J'aime mieux n'importe quoi. Je m'en vais sur-le-champ tout lui dire!

HORACE

A ma tante? Regardez qui elle est en train de présenter à tout le monde, en plein milieu du grand salon.

ROMAINVILLE

Je suis myope. Je ne vois pas de loin.

HORACE

Mettez vos lunettes, cela en vaut la peine.

ROMAINVILLE *les met.*

Sacrebleu! Mais que fait-elle! Je ne rêve pas, c'est...

HORACE

Oui. La comtesse Funela, de la haute société italienne...

ROMAINVILLE

C'est encore vous qui avez inventé cela?

HORACE

Non, cette fois, c'est ma tante.

ROMAINVILLE

Mais pourquoi?

HORACE

Pour rien, elle, c'est ce qui est grave.

PATRICE BOMBELLES *entre, agressif.*

Monsieur!

HORACE, *qui a tout oublié.*

Monsieur?

PATRICE BOMBELLES

Cette situation ne peut plus durer et puisque vous n'acceptez pas de renoncer à cette jeune fille...

Il veut le gifler. Horace le repousse de mauvaise humeur.

HORACE

Ah! non, non, Monsieur! Tout à l'heure! Vous m'ennuyez. Plus tard, plus tard, Monsieur. Venez, Romainville, allons empêcher l'autre de se jeter à l'eau.

Il sort, entraînant Romainville ahuri.

PATRICE BOMBELLES

C'est bien. Je reviendrai.

Il sort.

JOSUÉ, *les bras au ciel.*

Il n'y a plus de service possible!

Il sort.

LE RIDEAU TOMBE

QUATRIÈME ACTE

Même décor.
Isabelle est assise au milieu de la scène.
Horace fait les cent pas.

ISABELLE

Alors?

HORACE

Cela ne m'amuse plus. D'ailleurs votre folle de mère
va faire une bévue d'un moment à l'autre et tout va
s'écrouler. Regardez-la, elle roucoule, elle fait la roue,
elle se dandine, c'est une basse-cour complète à elle
seule. Elle me fait frémir. Elle est en train de raconter
au général de Saint-Mouton qu'elle est la filleule du
pape et l'autre vieil imbécile, qui voudrait bien que son
catholicisme lui rapporte, se voit déjà ambassadeur au
Vatican. Il faut agir!

ISABELLE

Est-ce que je dois toujours me jeter à l'eau?

HORACE

Vieille histoire! Il faut trouver mieux. Et tout de suite ou ma respectable vieille chipie de tante est capable de me manger mon effet. *(Il crie soudain :)* J'ai une idée!

ISABELLE *soupire.*

Vous me faites peur.

HORACE

Malgré l'entrée de cirque de votre mère, c'est incontestable, vous êtes restée le clou de ce bal. Vous avez fait sensation, ma chère : distinction, tenue, réserve, les douairières elles-mêmes sont pour vous.
Sort-elle des « Oiseaux » ou bien des « Hirondelles »?
Qui donc l'a élevée, lui a donné ce ton?
Vraiment pour le maintien on ne fait pas mieux qu'elle!
Quelle pudeur, quel charme, en sa conversation!
Je vous suis, je recueille les murmures, flatté comme un imprésario. Les hommes, n'en parlons pas! La tapisserie des mères ayant des filles à marier vous fusille de ses faces-à-main, mais vous passez comme le grenadier de La Tour d'Auvergne! Les filles sont vertes de rage. Diana a donné le *la.* Mais tout cela n'était qu'un lever de rideau, une bluette, une berquinade, tout au plus bonne à remonter le pauvre Frédéric. Je vais faire mieux. Je vais faire courir le bruit que vous n'êtes pas vraiment la nièce de Romainville, que le pauvre gros n'est qu'un prête-nom et qu'il n'est sans doute pas impossible que votre mère soit votre mère! Ou mieux! Que riche à millions comme de juste et fruit des amours coupables d'une Altesse portugaise et d'un

amiral-poète péri en mer (j'en trouverai bien un) on vous présente ce soir dans le monde, incognito. Et au petit jour, quand ma petite histoire rocambolesque aura suffisamment voleté de bouche en bouche et déposé ses œufs empoisonnés dans les oreilles bien lavées de toutes ces petites perruches, quand Diana sera tout à fait desséchée de jalousie, quand cet imbécile de Frédéric lui-même, obscurément flatté de votre choix, commencera à regarder d'un œil moins soumis son bourreau, je sors de la coulisse, je me montre, je monte sur une chaise sous prétexte d'annoncer le cotillon, je demande le silence et je leur dis en substance : « Messeigneurs, vous êtes tous empoisonnés. » Et profitant du désarroi, j'enchaîne : « Imbéciles! Cette nuit était entièrement truquée! Fictifs, tous ces événements. Prévus d'avance! Scrupuleusement minutés! Au cours de cette séance mémorable vous avez pu voir — et du geste je montre Diana comme un appariteur — le fond du cœur des jeunes filles : ces rochers, cette boue, ces fleurs mortes, et vous avez pu voir aussi — et je vous montre à votre tour — un ange, un ange trop ressemblant hélas pour être vrai! Car vous avez été dupés, Messeigneurs! Ce que vous appelez la distinction, le bon ton, le goût, ne sont que vos pauvres inventions. Cet ange, cette fille qui vous éblouit depuis hier soir, est une figurante payée par moi, une pauvre petite danseuse de l'Opéra que j'ai engagée pour vous jouer la comédie. Elle n'est pas la nièce de Romainville! Elle n'est pas la fille naturelle de l'amiral-poète péri en mer, elle n'est rien et personne ne l'aurait peut-être remarquée si je l'avais amenée ici pour faire son numéro habituel. Mais j'ai voulu que son numéro fût la caricature réussie de votre propre parade. Je l'ai jetée entre vos pattes, vêtue d'une robe de vos couturiers, susurrant les mots de votre clan et cela a suffi pour ébranler pendant toute la nuit le prestige de votre « professional beauty ». Vanité! Vanité! Tout n'est que vanité! J'espère au moins que mon frère Frédéric est maintenant désabusé. Quant à moi, je vous trouve de moins en moins drôles, je ne veux plus vous voir. Je pars demain par le premier train chasser le gros gibier en Afrique! » Qu'en dites-vous?

ISABELLE, *doucement, après un temps.*

Et moi?

HORACE

Comment vous?

ISABELLE

Qu'est-ce que je deviens, moi?

HORACE

Que voulez-vous donc devenir? Je vous remets, avec le cadeau que vous aurez bien mérité, entre les bras de Madame votre mère et de Romainville. Et il vous reste une belle robe et un joli souvenir, ce qui reste toujours d'un bal.

ISABELLE

Vous n'avez pas pensé que je pourrais avoir honte?

HORACE

De quoi? Vous êtes une fille libre, spirituelle. Vous ne pouvez que détester tous ces gens-là. Moi, je les méprise, et nous nous associons pour nous moquer d'eux. Quoi de plus drôle? Seriez-vous aussi une petite bourgeoise, ma chère?

ISABELLE *balbutie.*

Non, mais... *(Elle va à lui soudain.)* Je vous en supplie! Gardez la robe au besoin et laissez-moi repartir sans rien dire. Je vais appeler maman, vous nous ferez reconduire tout de suite à Saint-Flour, et je vous jure que personne n'entendra plus jamais parler de moi.

HORACE

Vous êtes folle!

ISABELLE

Je vous en supplie! Pas devant vous, alors! Pas devant votre frère! Pas tout de suite!

HORACE *se dégage et sort.*

A l'instant!

ISABELLE *lui crie encore pendant qu'il sort.*

Ah! Monsieur Horace, c'est mal de ne penser qu'à jouer!

HORACE

On a juste le temps de cela, ma chère, avant d'être tout à fait mort.

Il est sorti. Isabelle retombe sur son canapé avec un petit cri blessé.

ISABELLE

Oh!

> *Diana entre. Elle la regarde un instant, immobile. Puis Isabelle lève la tête et la voit.*

DIANA

Vous avez une très jolie robe, c'est vrai.

ISABELLE

Oui.

DIANA

Et c'est vrai aussi, vous êtes ravissante.

ISABELLE

Vous êtes bien bonne.

DIANA

Pas extrêmement soignée, peut-être. Vous sentez un peu la nature. Pas une très bonne poudre sans doute, pas un très bon parfum.

ISABELLE *s'est levée.*

Figurez-vous que je trouve que les vôtres sont trop bons. Vous ne la sentez pas assez, vous.

DIANA

Quoi?

ISABELLE

La nature.

DIANA *a un geste.*

Des goûts et des couleurs, ma chère... D'ailleurs, si l'on n'a pas une femme de chambre très au courant de tout cela, il est fatal qu'avec la meilleure volonté du monde, on se néglige. On ne peut vraiment pas se soigner tout seul. Vous vous levez tôt?

ISABELLE

Oui.

DIANA

Cela se voit.

ISABELLE

Et vous, vous vous couchez tard?

DIANA

Oui.

ISABELLE

Cela se voit aussi.

DIANA

Merci. Entre nous, cela ne vous gêne pas trop?

ISABELLE

Quoi?

DIANA

D'avoir sur le dos une robe que vous n'avez pas faite vous-même?

ISABELLE *montre sa robe.*

Il y en a si peu.

DIANA

C'est égal. Vous ne devez pas vous sentir tout à fait chez vous.

ISABELLE

On s'y fait. En revanche, mes cils sont de moi.

DIANA

Je vous félicite. Ils sont très beaux. Les yeux aussi. Heureusement car vous aurez beaucoup besoin de tout cela demain, sans la robe.

ISABELLE

Je l'emporte, on me la donne.

DIANA

Comme je suis contente! Vous pourrez donc être belle encore une fois. Il paraît qu'il y a un très joli bal pour le 14 juillet à Saint-Flour. Vous y ferez sensation. Ma robe à moi, vous l'aimez?

ISABELLE

Elle est très belle.

DIANA

La voulez-vous? Je ne la remettrai jamais. Je les mets rarement plus de deux fois. D'ailleurs, j'ai horreur du vert. Demain j'en aurai une rose, au dîner. Un chef-

d'œuvre, ma chère, rien que des petits plis, vingt mètres
de tissu. Une folie. Montez dans ma chambre, je vous
la montrerai. Pour mon séjour ici j'en ai apporté douze.
Venez les voir, je suis sûre que cela vous amusera
beaucoup.

ISABELLE

Non.

DIANA

Pourquoi? Seriez-vous envieuse, ma chère? C'est un
si vilain sentiment. *(Elle se rapproche.)* Vous auriez
bien voulu être riche n'est-ce pas? Vous auriez bien
voulu que ce soit vrai l'histoire de ce soir et avoir
beaucoup de robes comme moi?

ISABELLE

Naturellement.

DIANA

Et vous n'en aurez jamais qu'une, chère petite. Et si
je mettais le pied sur votre traîne, là, tout de suite,
comme cela et si je tirais un tout petit peu, voilà que
vous n'en auriez plus du tout.

ISABELLE

Enlevez votre pied de là!

DIANA

Non.

ISABELLE

Enlevez votre pied tout de suite ou je vous crève les yeux!

DIANA

Ne vous démenez pas ainsi, petite furie, cela va craquer!

La robe craque.

ISABELLE *a un petit cri navré.*

Oh! ma robe!

DIANA

Vous l'aurez voulu. Vous pourrez faire une petite couture, pour Saint-Flour, cela sera encore très bien. Car c'est passionnant, je n'en doute pas, d'être une petite intrigante et de venir triompher pour un soir avec une robe empruntée sur le dos, mais cela ne peut pas durer bien longtemps. Demain matin il faudra reprendre la petite valise de carton et le wagon de troisième classe qui sent le vomi et moi je serai encore là. Cela sera encore vrai demain pour moi, ma chère. C'est ce qui fait la différence entre nous.

ISABELLE *la considère et lui dit soudain :*

C'est amusant d'être méchant?

DIANA *change de ton, s'assoit et soupire.*

Non d'ailleurs. Mais on ne peut pas toujours s'amuser.

ISABELLE

Vous êtes malheureuse vous aussi? C'est étrange. Pourquoi?

DIANA

Je suis trop riche!

ISABELLE

Frédéric vous aime.

DIANA

Je ne l'aime pas. J'aime Horace et mon argent le dégoûte. Et je pense qu'il a raison.

ISABELLE

Devenez pauvre.

DIANA

Si vous croyez que c'est facile!

ISABELLE

Je vous assure que je n'ai fait aucun effort.

DIANA

Vous n'avez pas un père comme moi! Vous n'avez pas dix ans de mauvaises habitudes derrière vous. Vous croyez que c'est amusant toutes ces robes? Je ne les aime plus, je ne les vois même plus. C'est comme cela qu'on s'habille, voilà tout. Et la saison prochaine ce sera autrement. Ce serait si bon de n'en avoir qu'une et de l'aimer.

ISABELLE

Ce serait bon jusqu'à ce qu'on vous la déchire.

DIANA

Un petit accroc de rien du tout! Et vous allez encore en faire vos beaux soirs. Ah! vous ne savez pas votre chance... Regardez ce tulle comme il est blanc, comme il est léger, comme il est beau. J'essaie de le voir avec vos yeux, avec les miens c'est impossible. Je ne vois plus rien. Cette bague, j'en ai dix autres, je ne la vois plus, ce n'est qu'une bague, je ne sais même plus quand ni pourquoi mon père me l'a donnée. Ce château, il doit être très agréable, mais tous mes amis ont des châteaux, j'en ai aussi, c'est là que nous habitons, ce n'est plus le château, c'est une maison comme les autres. Je sais que c'est très irritant pour les pauvres ce genre de raisonnement, mais essayez de comprendre tout de même — je ne serai plus jamais, plus jamais, quoi que je fasse, « invitée au château! »

ISABELLE

C'est vrai que c'est triste.

DIANA

C'est affreusement déprimant! Seulement il y a tellement de pauvres, ils sont tellement intrigants et agissants tous, et puis comme c'est presque toujours eux qui écrivent les livres et les pièces de théâtre, ils ont réussi à faire une réputation à l'argent. Mais l'argent ne donne quelque chose qu'aux pauvres, précisément.

ISABELLE

Cela prouve qu'il y a quelque chose de mal fait sur cette terre. Mais cela nous dépasse l'une et l'autre. Et comme d'un autre côté on n'a jamais vu les riches faire un effort vraiment sérieux pour ne plus en avoir. *(Elle va vers elle.)* Comme justement moi ce soir si je suis humiliée, si je souffre et si j'ai ma seule robe déchirée, c'est parce que je suis pauvre. Je vais faire ce que font toujours les pauvres, les pauvres imbéciles qui sont si nombreux, si intrigants et qui ne comprennent jamais rien aux subtilités. Je vais passer aux actes et vous demander de sortir.

DIANA

Sortir? Vous vous croyez donc chez vous ma petite?

ISABELLE

C'est aussi un défaut des pauvres. A force de n'être chez eux nulle part, ils ont fini par prendre le mauvais genre de s'y croire partout. Allez, allez, ma belle, allez pleurer sur vos millions plus loin! Je suis bien bête et j'ai bien honte d'avoir perdu une seconde à essayer de vous comprendre. Où irait le monde si on se mettait tous à faire cela? Chacun chez soi! Je vais passer aux arguments des pauvres maintenant. Si vous ne sortez pas, je vais vous battre.

DIANA

Me battre? Je voudrais bien voir cela!

ISABELLE

Vous allez le voir. Et je ne vous déchirerai pas votre robe, moi, puisque vous m'avez dit que vous en

avez douze, et que cela ne vous ferait probablement
rien. Je vous déchirerai votre figure, parce que le bon
Dieu, qui pour une fois a été juste, n'en a distribué
qu'une à chacun!

DIANA

Comme vous êtes vulgaire! Si vous croyez que vous
me faites peur!

ISABELLE

Pas encore. Mais cela va peut-être venir!

> *Isabelle saute sur Diana. Elle se battent.*

DIANA

Oh! petite peste! petit voyou! Mais elle me décoiffe!

ISABELLE

Votre femme de chambre arrangera cela! Elle est au
courant.

DIANA, *se battant.*

Mais j'ai des poings comme vous, j'ai des griffes!

ISABELLE

Servez-vous-en!

> *Elles se battent. Diana s'arrête soudain et lui
> crie.*

DIANA

J'ai été pauvre d'abord, moi aussi! A dix ans je me
battais avec les gamins du port à Istamboul!

Elles se jettent à nouveau l'une sur l'autre et roulent par terre en silence. Entre Josué qui pousse un cri horrifié à ce spectacle et sort en criant.

JOSUÉ

Monsieur Horace! Monsieur Horace!

Frédéric entre aussitôt et s'arrête interdit. A sa vue les deux jeunes filles se lâchent. Isabelle se lève la première, griffée, dépeignée. Elle va à lui.

ISABELLE

Ah! vous voilà, vous! Vous êtes content? Elles ont bien réussi vos intrigues? Vous vous êtes bien amusé ce soir? C'est fait votre scandale? Vous êtes monté sur votre chaise, vous leur avez dit qui j'étais? Si vous ne l'avez pas encore fait, je vous avertis que ce n'est plus la peine. Je vais le leur montrer, moi, toute seule, qui je suis. Un voyou, comme Mademoiselle vient de le dire! Ah! Vous allez le voir votre respectable jeu de massacre, vous allez les voir vos douairières, je vais leur enlever leurs doutes, elles vont le comprendre tout de suite d'où je sors!... Vous allez le voir votre bal! D'abord, pour commencer, je m'en vais aller insulter ma mère, lui arracher ses aigrettes devant tout le monde — une jolie scène de famille — et la ramener par la main sur cette terre, à la maison, à son balai, à sa vaisselle, à ses leçons de piano. Elle est faite pour cela, la comtesse Funela! Et il ne faut pas qu'elle nous raconte des histoires. Son père était un tout petit marchand de papiers peints, il les portait lui-même, les rouleaux, sur son dos, avec le pot de colle. Et on lui donnait cinq francs pour la course, et il était bien content parce que cela lui permettait d'aller boire un coup sans le dire à sa femme. C'est comme cela qu'ils sont, les pauvres! Tous ignobles! Pas fréquentables! Ah! vous avez voulu jouer avec eux ce soir pour vous désennuyer. Vous allez voir que vous avez eu tort, mon beau jeune homme. Et que c'étaient vos bonnes qui avaient raison autrefois en vous interdisant de les approcher dans les jardins publics. Ils ne savent pas jouer, les petits pauvres. Ils sont trop mal élevés. Moi, je n'ai pas joué une seule fois depuis que je suis ici, j'ai été malheureuse tout de suite, moi. Parce que vous ne l'avez pas compris ou pas voulu le comprendre sans doute : je vous aime. C'est parce que je vous aime que j'ai ébloui vos brochettes de vieilles dames ce soir; c'est parce que je vous aime que j'ai fait semblant d'être amoureuse de votre frère et que j'allais me jeter à l'eau pour finir tout à l'heure, comme une idiote! Si je ne vous avais pas aimé tout de suite, en arrivant, vous croyez que je l'aurais acceptée votre comédie? Vous ne dites rien? C'est ennuyeux, n'est-ce pas, cette petite pauvre qui vous crie qu'elle vous aime au beau milieu de votre salon? Ce n'est plus du jeu? Mais dites quelque chose! Vous êtes devenu muet, vous qui parliez tant?

FRÉDÉRIC *balbutie.*

Mais, Mademoiselle, ce n'est pas moi.

ISABELLE

Comment, ce n'est pas vous?

DIANA

Mais bien sûr! Regardez-le donc! Il est tout rouge! C'est son frère.

ISABELLE, *soudain confuse.*

Oh! Pardon, Monsieur!

FRÉDÉRIC

C'est moi qui m'excuse. Je suis impardonnable.
J'aurais dû...

DIANA

Venez, Frédéric. Vous n'avez plus rien à dire à cette
fille. Horace enverra tout à l'heure Josué lui régler ce
qu'il lui doit.

FRÉDÉRIC

Comment pouvez-vous parler ainsi, Diana?

DIANA

Venez tout de suite, Frédéric, ou je ne vous reverrai
pas de ma vie!

Elle sort

FRÉDÉRIC

J'étais venu vous dire que j'étais confus de tout ce
qu'on vous avait fait, que je trouvais tout cela très
cruel et très laid. Je vous demande pardon pour eux.

ISABELLE, *doucement.*

Allez donc vite. Si vous ne la rattrapez pas tout de
suite, elle va encore vous faire beaucoup d'ennuis.

FRÉDÉRIC *s'incline.*

Excusez-moi. (*Il fait un pas.*) Faut-il dire à mon frère
que vous m'avez dit que vous l'aimiez?

ISABELLE

Non. Ce n'est pas la peine.

Frédéric a un geste navré et sort. La mère entre.

LA MÈRE

Ma petite!

ISABELLE

Ah, te voilà!

LA MÈRE *tombe assise.*

Tout s'écroule. Ce jeune homme est devenu fou. Il est monté sur une chaise, il est en train de raconter des horreurs. Je ne parviens pas à comprendre ce qui a pu le pousser à ce geste incompréhensible. C'est une terrible malchance... S'il m'avait laissé une heure de plus, j'étais en train de me faire inviter pour l'automne chez un général tout ce qu'il y a de bien. Maintenant tous ces gens vont nous tourner le dos.

ISABELLE *se lève.*

Nous allons partir. Va enlever tes plumes. Tu as des leçons après-demain à Paris.

LA MÈRE

Oh toi, bien sûr! Toujours terre à terre! Le beau rêve brisé, tu repars. Tu es insensible. Il ne t'aimait donc pas, et moi qui avais cru? Pourquoi, pourquoi t'aurait-il fait venir ici ce soir, s'il n'avait pas été amoureux de toi?

ISABELLE

Pour s'amuser?

LA MÈRE

Non. Non. Tu ne m'ôteras pas de l'idée qu'il y avait autre chose et que c'est toi qui n'as pas su manœuvrer. Tu veux que je te parle franchement? Tu es trop fière, ma petite. Jolie comme tu es, tu as ta chance, il ne faut pas la faire attendre trop. Les hommes vous supplient, on se croit la plus forte, et c'est vrai, pendant tout le temps qu'ils vous désirent, on peut tout. Leur argent, leur bonheur, leur famille, tout leur paraît vain. Mais si on laisse passer le bon moment, si on les laisse penser une seule fois, pendant une toute petite minute, qu'après tout ils pourraient vivre sans vous, c'est fini, ma belle! Ils se retrouvent tout d'un coup avec leurs millions, leurs bonnes vies tranquilles, et toutes les autres jolies filles du monde, pour beaucoup moins cher, à leur disposition. Et il y en a tu sais! Autant que des fourmis dans tous les recoins des villes, ouvrant des yeux comme des soucoupes devant les jolis magasins, reniflant les bons parfums au passage sur les vraies femmes riches, dressées sur leurs hauts talons, d'une arrogance, d'un chic suprême, avec une seule robe propre sur le dos et prêtes à se coucher tout de suite si un monsieur riche veut bien leur enlever, enfin, l'horrible poids de leur envie. Et si tu leur vois l'air traqué comme cela, c'est qu'il faut faire vite, ma petite. Cela vieillit, tu sais, d'être une jolie fille sans un sou.

ISABELLE

Tu en as assez dit maintenant. Va retirer tes plumes.

LA MÈRE *se rapproche.*

Ecoute-moi. J'ai eu une longue conversation avec
Romainville tout à l'heure. Tous ces événements l'ont
enfin bousculé : il se déclare. Je sais ce que tu vas me
dire : tu vaux mieux que cela. Mais il ne faut pas
attendre éternellement le miracle. Tu as pu voir ce
soir comme les jeunes gens de famille se conduisent. Lui,
c'est un homme d'un certain âge, pondéré, parfaitement
élevé. Il t'a étudiée assez longtemps, il me l'a dit lui-
même, il sait tout ce qu'on peut attendre de toi. Il ne
s'avance pas à la légère. Voilà : il nous assure très
largement notre vie à toutes les deux.

En outre, il ne me l'a pas formellement dit — mais
j'ai compris entre les mots — il n'est pas absolument
interdit d'espérer, quand il aura suffisamment travaillé
dans ce sens sa famille, qu'il te promette le mariage.
C'est inespéré, ma petite. J'espère que tu en conviendras.

ISABELLE

Monte, maintenant.

LA MÈRE *s'est levée hors d'elle.*

C'est bien! C'est bien! Fais ta mauvaise tête, oublie
tout ce que j'ai fait pour toi! Laisse passer la chance,
petite dinde! Laisse faner ton charme sans t'en servir.
Renferme-toi, enlaidis-toi à force de ne pas sourire.
Parce que c'est très joli le mépris, mais cela fronce le
nez; parfait l'orgueil, mais cela donne des rides. Et quand
on n'a que ça dans la vie pour s'en tirer, il faut qu'on
le ménage son museau, ma biche! Laisse-moi te l'apprendre si tu ne le savais pas.

MESSERSCHMANN *est entré.*

Mademoiselle!

LA MÈRE *fond soudain en sourires.*

Cher Monsieur, ravie de vous voir! Comment allez-vous?

MESSERSCHMANN, *de glace.*

Bien, Madame.

LA MÈRE

Comtesse Funela. On nous a présentés tout à l'heure, mais dans un tel brouhaha...

MESSERSCHMANN

Madame, j'aurais souhaité vous demander la permission d'un entretien particulier avec Mademoiselle votre fille.

LA MÈRE

Mais je vous l'accorde, cher Monsieur. Vous pensez bien. Je vous l'accorde tout de suite et du plus grand cœur! Je te laisse avec Monsieur Messerschmann, Isabelle. Je monte me reposer un peu. Ces raouts, cher Monsieur, sont vraiment harassants. On en arrive à souhaiter un peu de solitude. Nous sortons trop... tous autant que nous sommes, nous sortons trop!... Je vous laisse. N'oublie pas le bon ami Romainville, ma chérie. Tu sais que nous devons répondre dès ce soir à son aimable invitation pour cet été... Cher Monsieur, enchantée de vous avoir revu!...

Elle sort froufroutante.

MESSERSCHMANN *commence tout de suite.*

Voilà, Mademoiselle. Je vais être un peu brutal. Je sais qui vous êtes, et, dans une demi-heure, tout le monde le saura. C'est fini ici pour vous. Vous avez eu beaucoup de succès ce soir, tout le monde vous a trouvée charmante, mais c'est une petite aventure qui ne pouvait pas durer, vous vous en doutez bien. Je viens vous demander de l'abréger encore. Remontez dans votre chambre et disparaissez sans revoir personne. Vous avez été très brillante — une petite étoile filante — éteignez-vous. Un peu plus tôt, un peu plus tard, pour vous c'est la même chose. Et je vous en saurai gré.

ISABELLE

Qu'est-ce que cela peut bien vous faire que je parte ou que je reste?

MESSERSCHMANN

C'est un petit cadeau que j'aimerais faire à ma fille. Vous voyez que je suis franc. Je n'ai jamais trompé personne en affaires et cela m'a toujours réussi. Combien voulez-vous?

ISABELLE

Rien, Monsieur. J'allais partir.

MESSERSCHMANN

Je le sais. Il ne me paraît pas juste qu'on vous laisse partir sans rien. Que vous a promis Horace?

ISABELLE

Mon cachet de danseuse et cette robe qu'on vient de me déchirer.

MESSERSCHMANN

Qui vous l'a déchirée?

ISABELLE

Votre fille.

MESSERSCHMANN

Cela me regarde donc. En plus de ce que vous allez décider de me demander, je vous en rachèterai deux autres.

ISABELLE

Je vous remercie, Monsieur, mais j'aime mieux celle-là avec l'accroc.

MESSERSCHMANN

Comprenons-nous bien. Je ne voudrais pas que vous revoyiez Horace, même pour vos comptes. Combien voulez-vous pour partir sans le revoir?

ISABELLE

Rien, Monsieur. Je ne comptais pas le revoir.

MESSERSCHMANN

Mais le cachet qu'on vous a promis?

ISABELLE

Je ne comptais pas le prendre. Je considère que j'ai dansé ici, ce soir, pour mon plaisir.

Messerschmann la regarde un peu en silence, puis s'avance, lourd, puissant.

MESSERSCHMANN

Je n'aime pas quand les choses sont gratuites, Mademoiselle.

ISABELLE

Cela vous inquiète?

MESSERSCHMANN

Cela me paraît hors de prix. Pourquoi voulez-vous refuser l'argent d'Horace?

ISABELLE

Parce que cela me plaît de ne pas le prendre, voilà tout.

MESSERSCHMANN

Et le mien?

ISABELLE

Parce que vous n'avez aucune raison de m'en donner. Je vous ai déjà dit que j'allais partir. On m'a demandé, c'est vrai, de jouer ici, ce soir, une petite comédie... Mon rôle est fini, le rideau tombe et je m'en vais.

MESSERSCHMANN

Je n'aime pas que vous partiez sans rien.

ISABELLE

Pourquoi?

MESSERSCHMANN

Ce n'est pas dans l'ordre des choses.

ISABELLE

Je le regrette, mais c'est tout de même ce que je vais faire. Excusez-moi, Monsieur.

Elle va sortir.

MESSERSCHMANN *crie, soudain furieux :*

Ah, non! Ne faites pas comme Ossowitch!

ISABELLE *s'arrête, interdite.*

Ossowitch?

MESSERSCHMANN

Oui. C'était un banquier d'un groupe adverse avec qui j'avais à discuter certaines affaires importantes. C'était un homme qui sortait tout le temps. Dès que nous n'étions plus d'accord, et cela nous arrivait souvent, il sortait. Il fallait constamment le rattraper dans l'antichambre ou dans l'ascenseur. Et plus on le rattrapait loin, plus cela vous coûtait de l'argent. Finalement j'ai dû l'inviter en pleine mer, sous un prétexte, sur une périssoire dans la baie de Dinard, après m'être assuré qu'il ne savait pas nager. Et là, je lui ai offert un forfait énorme, pour en finir. Depuis, nous sommes devenus les meilleurs amis du monde mais il a appris à nager. Ne faites jamais semblant de sortir, mon enfant, c'est un mauvais moyen. On n'est jamais d'accord dans une discussion d'intérêt, mais on reste assis, sans cela il n'y aurait plus d'affaires possibles. Allons, ma petite demoiselle, soyez raisonnable, vous aussi. Considérez que plus le temps passe, plus il y a de chance pour que tout le monde sache tout et moins cher vaut votre silence. Faites-moi un bon prix tant qu'il est encore temps. J'ai des principes bien sûr et je discute toujours la plus petite chose comme s'il s'agissait de tout mon argent, mais j'en suis arrivé à un point où on peut se permettre d'être sentimental de temps en temps. Cela vous donne d'ailleurs un nouveau ressort pour les autres fois, ces petites fantaisies. Vous m'êtes très sympathique et je suis disposé à être très généreux avec vous. Combien voulez-vous?

ISABELLE

· Rien, Monsieur.

MESSERSCHMANN

C'est trop cher. Tenez, je vais faire une folie, je vais vous offrir le double. J'ai des billets sur moi. J'ai toujours beaucoup de billets sur moi et si cela n'était pas si lourd j'aurais de l'or. (*Il sort une liasse de billets de sa poche.*) Bon. Regardez cette liasse-là, bien vierge, bien nette, une belle petite brique! Et cela s'effeuille et cela devient des robes, des bijoux, un beau sac, ce qu'on veut. Avouez que cela serait amusant d'avoir tous ces beaux petits papiers-là sur vous.

ISABELLE *se montre, toute nue sous sa robe.*

Où voudriez-vous que je les mette?

MESSERSCHMANN, *comme un marchand,*
soudain.

Voulez-vous que je vous les enveloppe? Je vous ferai
un petit paquet, bien propre, avec une petite ficelle?

ISABELLE

Ecoutez, Monsieur. Je ne veux pas sortir encore,
comme Monsieur Ossowitch, pour ne pas vous rappeler un trop mauvais souvenir, mais je vous demande
de me croire. Je ne veux pas de votre argent.

MESSERSCHMANN *empoche ses billets, furieux.*

Vous êtes très forte, Mademoiselle.

ISABELLE, *simplement.*

Non. Je suis très malheureuse. J'ai très honte et j'en
ai tant entendu ce soir, à cause de l'argent, que sa vue
même me fait horreur, voilà tout.

MESSERSCHMANN *hausse les épaules.*

C'est du sentiment! Mais je vous ai dit que j'étais
tellement riche que je pouvais me permettre maintenant
de comprendre aussi les sentiments. Laissons là ces
vilains billets puisque leur vue vous offusque. Vous
avez raison. C'est trop précis, des espèces, c'est moi qui
ai été un maladroit. Je vais vous faire un chèque,
voulez-vous? avec beaucoup de zéros. (*Il tire son
carnet de chèques, son stylo.*) Je vais mettre un « un »
là, à gauche, sur le petit espace réservé et puis je vais
écrire des zéros jusqu'à ce que vous me disiez : « Assez. »
Nous commençons?

ISABELLE *le regarde soudain et lui dit :*

Est-ce qu'on peut vraiment réussir comme vous l'avez fait dans les grandes affaires qui mènent le monde, sans être très intelligent?

MESSERSCHMANN *range son carnet de chèques et crie soudain, hors de lui.*

Je suis intelligent, Mademoiselle! Je suis très intelligent! Et c'est parce que je suis très intelligent et que j'ai une très grande expérience de la vie que je vous dis que je ne vous crois pas.

ISABELLE

Alors, si vous êtes intelligent, raisonnons. La demi-heure de silence que vous vouliez m'acheter est déjà presque passée à notre bavardage. Votre fille sait qui je suis, elle sait que tout le monde le sait. Elle n'a plus lieu d'être jalouse. Horace ne se soucie pas de moi, je vous l'assure, et mon intention est précisément comme je vous l'ai dit, de ne pas le revoir. Si vous ne m'aviez pas retenue, je serais même déjà partie. Vous voyez bien que je n'ai plus rien à vendre?

MESSERSCHMANN *lui crie, rouge de rage.*

On a toujours quelque chose à vendre, Mademoiselle! Et puis, même si c'est vrai que vous n'avez plus rien, il faut que je vous achète tout de même quelque chose, maintenant que nous avons commencé à discuter.

ISABELLE

Pourquoi?

MESSERSCHMANN

Parce que je ne croirais plus en moi si je ne le faisais pas.

ISABELLE *sourit malgré elle et, gentiment :*

S'il vous en faut si peu pour ne plus croire en vous, je vais l'écrire à Monsieur Ossowitch !

MESSERSCHMANN, *redevenu calme.*

Ossowitch était un enfant ! Avec les adversaires de taille je joue toujours cartes sur table. Vous voyez, je suis franc, Mademoiselle. Maintenant ce que je vous achète, ce n'est plus le caprice de ma fille — vous avez raison, elle est rassurée — c'est ma propre tranquillité d'esprit. Et elle n'a pas de prix pour moi. Combien voulez-vous ?

ISABELLE

C'est en répétant la même chose tout le temps, comme cela, qu'on devient les maîtres du monde ?

MESSERSCHMANN

Maintenant, c'est vous qui ne comprenez plus. Il ne s'agit pas de vous humilier et de vous proposer une petite somme pour vous faire décamper d'ici. Tout ce qui vous a permis de me résister jusqu'ici : votre orgueil, votre blessure, je vous les laisse intacts. Je vais même vous dire mieux, Mademoiselle, je les comprends, je les respecte. C'est ignoble en effet ce qu'il vous a fait, le petit Horace, c'est ignoble ce que je vous proposais il y a un instant pour payer une lubie de ma fille. Mais il ne s'agit pas de cela. Restez au château si vous le voulez pour ennuyer ce garçon, continuez à agacer ma fille, elle a assez de succès, toujours, elle s'en remettra — et d'ailleurs cela lui fera du bien — mais acceptez de l'argent de moi. Je ne vous demande rien en échange.

ISABELLE

Non.

MESSERSCHMANN

Tout à l'heure vous aviez raison, maintenant vous avez tort. Votre position n'est plus défendable. Même quand on sent la faiblesse momentanée de l'adversaire, il ne faut jamais s'entêter sur une position qui n'est pas raisonnable.

ISABELLE

Je ne veux pas être raisonnable. Je veux faire une fois, enfin, ce qui me plaît.

MESSERSCHMANN

Ecoutez-moi bien! Nous allons jouer le grand jeu! Je vous dote. Dans cinq minutes, vous pouvez rentrer dans ce salon la tête haute. Tous les mensonges d'Horace deviennent vrais. Vous êtes aussi riche que toutes les filles de ce bal. Romainville, si je le veux, vous adopte. Vous devenez vraiment sa nièce.

ISABELLE

Quel honneur!

MESSERSCHMANN

Il vous a humiliée vous aussi? Je le force à vous demander pardon. Je l'oblige en plein salon à embrasser le bas de votre robe, il trouvera le moyen d'en rire et de le faire si je le veux. Ecoutez-moi, je peux plus que dans les contes de fées! Je vous fais si riche que je force le plus beau garçon de cette société, le plus noble à vous demander tout de suite votre main.

ISABELLE

Je vous remercie. Tout cela ne me ferait pas autant de plaisir que de vous dire non.

MESSERSCHMANN *hurle soudain.*

Mais moi non plus, je ne crois pas à l'argent, Mademoiselle! Tout ce qu'il m'a donné est poussière, fumée, nausée, vomissement! J'ai mal au foie tout de même et je ne peux jamais rien. Je mange des nouilles, je bois de l'eau et je n'ai aucun plaisir à posséder chaque soir cette femme fermée. Et je ne souffre même pas qu'elle me trompe, ce qui serait au moins tenir quelque chose, parce que je ne la désire pas, pas plus que le ventre de sa mère. Et je n'en désire aucune autre, je ne désire rien! Je ne suis qu'un pauvre petit tailleur de Cracovie et la seule vraie joie que je me rappelle c'est le premier costume que j'ai réussi à seize ans. C'était la veste d'un pope, elle tombait bien et mon père m'a dit : « Jonathan, cette fois c'est bien, tu sais ton métier. » Et j'ai été heureux. Depuis je n'ai plus rien réussi jamais, qu'à avoir de l'argent, de plus en plus d'argent et l'argent ne m'a jamais donné l'amour de personne, même pas celui de ma fille — même pas l'amour

de l'argent lui-même. Ayez pitié de moi. Ne m'aban-
donnez pas ce soir. Acceptez mon argent!

ISABELLE

Non.

MESSERSCHMANN

Non? Hé bien! regardez ce que j'en fais des belles
petites briques qui peuvent tout, puisqu'elles ne peuvent
plus me servir à rien. Je les mange, je les désire avec
les dents, je les crache!

*Il a pris les liasses de billets et il commence
effectivement à les déchirer à belles dents, puis
bientôt, pour aller plus vite, avec les mains.*

ISABELLE *lui crie, joyeuse :*

C'est une idée! Donnez-m'en quelques-uns, je vais
vous aider. Cela me fera du bien!

*Elle lui prend des liasses des mains et commence
à les déchirer avec lui tranquillement. Ils jettent
les morceaux en l'air. Ils travaillent un instant
fébrilement tous les deux dans une pluie de petits
morceaux de papier.*

MESSERSCHMANN, *dans une sorte de furie.*

Là! Là! Là! Là! Cela c'est une maison de campagne :
le rêve de tous les petits rentiers!

ISABELLE, *déchirant elle aussi allégrement.*

Avec le jardin, le bassin, les poissons rouges, les
roses!

MESSERSCHMANN

Tout! Cela c'est un commerce, de quoi être tranquille toute une vie. Un commerce de modiste : celui
que je comptais vous offrir, comme un imbécile!

ISABELLE, *déchirant.*

Bravo! Cela c'est un chapeau!

MESSERSCHMANN, *vexé, sans s'arrêter.*

Pourquoi seulement un chapeau?

ISABELLE

Il était très cher.

MESSERSCHMANN

Voilà des robes, encore des robes, toutes les étoffes,
dont elles ont besoin toutes sur leur dos. Voilà des
manteaux, voilà des fourrures!

ISABELLE, *déchirant.*

Pas trop, c'est l'été!

MESSERSCHMANN

Voilà du beau linge, le vrai luxe, celui qu'on a en
dernier. Voilà des draps de satin, des chemises de nuit
chères comme des robes, des chemises de jour trop
courtes! des mouchoirs brodés!

ISABELLE, *déchirant.*

Voilà une valise.

MESSERSCHMANN *s'arrête un instant, surpris.*

Pourquoi, une valise?

ISABELLE

Pour tout mettre!

MESSERSCHMANN, *recommençant.*

Voilà les bijoux, les colliers, les bagues, toutes les bagues!

ISABELLE, *déchirant des billets.*

Oh! la belle perle!

MESSERSCHMANN

Vous la regretterez!

ISABELLE *lui prend d'autres liasses.*

Sûrement pas!

MESSERSCHMANN

Voilà les voyages, toutes les joies du jeu, voilà les esclaves, les nobles bêtes de race, toutes les belles filles soumises, voilà les consciences des honnêtes gens! Voilà le petit bonheur de tout ce petit monde lamentable! Là! Là! Là! Là! *(Il déchire les derniers billets et se retourne.)* Vous êtes contente maintenant?

ISABELLE, *fatiguée*

Non. Et vous?

MESSERSCHMANN

Moi non plus.

Ils se sont assis sur leurs talons, épuisés, l'un à côté de l'autre. Isabelle ramasse un petit billet oublié par terre et le déchire en disant :

ISABELLE

Voilà pour les pauvres! Nous les avions oubliés. *(Un temps, elle le considère affalé, la tête dans ses mains et demande gentiment :)* Je parie qu'ils ne vous avaient pas donné tant de mal à gagner?

MESSERSCHMANN, *pitoyable,*
au milieu de ses billets déchirés.

Je suis très malheureux, Mademoiselle!

ISABELLE, *gentiment.*

Moi aussi.

MESSERSCHMANN

Je comprends très bien ce que vous souffrez. Je suis sans doute le seul, ce soir, dans ce château, à pouvoir le comprendre. Ils m'ont humilié longtemps, moi aussi et puis je suis devenu plus fort qu'eux. Alors je me suis mis à humilier à mon tour. On est tout seuls, voilà ce qui est sûr. On ne peut rien les uns pour les autres, que jouer le jeu.

Ils regardent droit devant eux tous les deux assis par terre au milieu des billets déchirés. Josué entre qui les trouve, surpris, dans cette posture.

MESSERSCHMANN *le voit et lui crie :*

Qu'est-ce que vous voulez, vous?

JOSUÉ

Monsieur, c'est Monsieur Horace qui fait dire à Mademoiselle qu'il l'attend dans le petit boudoir pour régler ses comptes avec elle.

ISABELLE *s'est levée.*

Vous lui direz qu'il ne me doit plus rien. Monsieur Messerschmann m'a payée.

Elle sort. Messerschmann la regarde partir puis se lève soudain et va à Josué.

MESSERSCHMANN

Mon ami.

JOSUÉ

Monsieur?

MESSERSCHMANN

Vous avez l'air d'avoir une bonne tête?

JOSUÉ, *après le premier étonnement.*

Je fais partie d'une génération de vieux serviteurs qui ne se le permettaient pas dans le service, Monsieur. Mais le dimanche et plus généralement les jours de congé, mes amis et mes connaissances ont accoutumé de me dire en effet, que j'avais un visage franc, ouvert, plutôt jovial même. Une belle physionomie, bien française, bien de chez nous, Monsieur.

MESSERSCHMANN

Alors, écoutez-moi. Vous avez dû faire de l'histoire sainte quand vous étiez petit?

JOSUÉ

Un peu, Monsieur, comme tout le monde.

MESSERSCHMANN

Avez-vous entendu parler de Samson?

JOSUÉ

Un Israélite, Monsieur?

MESSERSCHMANN

Oui, peut-être. Tout le monde était Juif dans ce temps-là.

JOSUÉ

Je crois me souvenir qu'on lui avait coupé les cheveux?

MESSERSCHMANN

Oui, et il était très malheureux. Bafoué, mon ami, toujours bafoué par tout le monde. On lui avait crevé les yeux. On le croyait aveugle, mais je suis persuadé qu'il y voyait.

JOSUÉ

Cela se peut bien, Monsieur. Moi j'ai eu une tante qui avait la cataracte et un beau jour...

MESSERSCHMANN *continue sans l'écouter.*

Un beau jour, n'y tenant plus, il se fit placer entre les colonnes du temple. Il était très fort, terriblement fort, vous m'entendez? Il les embrassa ces colonnes!... *(Il embrasse Josué épouvanté.)* Comme cela!

JOSUÉ, *embarrassé.*

Oh! Monsieur! Que Monsieur veuille bien faire attention, on pourrait nous voir.

MESSERSCHMANN

Et puis il les secoua de toutes ses forces.

Il secoue Josué.

JOSUÉ, *secoué.*

Oui, Monsieur... Que Monsieur prenne garde! C'est moi qui me ferais gronder!

MESSERSCHMANN *le lâche
avec un soupir soulagé.*

Voilà.

Un silence.

JOSUÉ, *qui répare le désordre de sa toilette.*

Voilà Monsieur. *(Il ajoute, pour dire quelque chose :)* Un bien vilain geste dans une église...

MESSERSCHMANN *ricane sombrement.*

Vous pouvez le dire. Car il était tellement fort que le temple entier s'écroula sur les deux mille Philistins

qui étaient là à prier leurs faux dieux et à le prendre
pour un imbécile!

JOSUÉ

Et sur lui, Monsieur.

MESSERSCHMANN

Et sur lui aussi. Mais cela n'avait aucune espèce
d'importance. Qu'est-ce que ça pouvait bien lui faire
d'être pauvre?

JOSUÉ

Pauvre, non, Monsieur, mais écrasé!

MESSERSCHMANN *crie.*

Aucune importance, vous dis-je!

JOSUÉ

Bien, Monsieur.
*Un temps. Josué recule prudemment. Mes-
serschmann le rappelle soudain brutalement.*

MESSERSCHMANN

Mon ami?

JOSUÉ

Monsieur?

MESSERSCHMANN

Avez-vous été cuisinier?

JOSUÉ, *que rien n'étonne plus.*

C'est une filière qu'un maître d'hôtel a très rarement l'occasion de suivre, Monsieur. Cependant quand j'étais gamin, j'avouerai à Monsieur que j'ai effectivement été gâte-sauce chez un prince de l'Eglise, où mon oncle était premier valet de pied.

MESSERSCHMANN

Eh bien, puisque vous avez été cuisinier, vous allez pouvoir me répondre. Existe-t-il plusieurs façons de préparer les nouilles à l'eau, sans beurre et sans sel?

JOSUÉ

Non, Monsieur. Personnellement je n'en connais qu'une.

MESSERSCHMANN

Vous pouvez disposer.

JOSUÉ

Bien, Monsieur.

Il va sortir.

MESSERSCHMANN *l'arrête.*

Un détail encore. Le téléphone fonctionne toute la nuit dans ce pays?

JOSUÉ

Oui, Monsieur. Nous sommes depuis peu directement reliés à Saint-Flour. Cela a été une grande victoire de Madame, Monsieur. L'administration était contre. Nous le devons à l'archevêque et aux Comités francs-maçons qui, ayant agi de concert, ont fait céder l'administration.

MESSERSCHMANN

Je peux donc appeler l'étranger de ma chambre, cette nuit?

JOSUÉ

Certainement, Monsieur.

MESSERSCHMANN

C'est tout ce que je voulais savoir. Comme Samson! Les yeux fermés!

JOSUÉ, *qui recule.*

Oui, Monsieur.

MESSERSCHMANN

Et tout à coup un fracas épouvantable. Un téléphone qui grelotte dans le petit matin. C'est bien cela. C'est le temple qui vient de s'écrouler. Vous me comprenez?

JOSUÉ

Non, Monsieur.

MESSERSCHMANN

Cela ne fait rien. (*Il trouve un billet oublié dans sa poche et le lui donne.*) Voilà mille francs. Oubliez tout

ce que je vous ai dit. *(Il sort en lui rappelant, farouche.)*
Sans beurre!

JOSUÉ *s'incline, escamotant son billet.*

Et sans sel!

LE RIDEAU TOMBE

CINQUIÈME ACTE

Même décor.
Mme Desmermortes et Horace sont en scène. Ils sem-
blent assez abattus.

Mme DESMERMORTES

Cela ne m'a pas fait tellement rire.

HORACE

Moi non plus.
                    Un silence. Mme Desmermortes demande.

Mme DESMERMORTES

Pourquoi avais-tu imaginé tout cela?

HORACE

Je m'ennuyais. Et puis j'étais agacé aussi par les
façons de cette petite fille trop gâtée avec Frédéric.
Il lui fallait une leçon.

Mme DESMERMORTES

Elle l'a eue, et la petite Isabelle aussi, malheureusement.

HORACE

Oui, je le regrette pour elle. Elle est charmante.

Mme DESMERMORTES

C'était une invention de cette folle de Capulat, tu ne l'aimes pas du tout?

HORACE

Pas du tout.

Un silence.

Mme DESMERMORTES

Nous aussi nous l'avons eue d'ailleurs.

HORACE

Quoi?

Mme DESMERMORTES

Notre leçon. Nous nous retrouvons là tous les deux, tout bêtes, sans être sûrs d'avoir très bien agi.

HORACE *a un geste.*

Bien agi, mal agi... Vous en êtes encore là? Vous m'étonnez, ma tante. Je vous croyais beaucoup plus forte.

Mme DESMERMORTES

Figure-toi que moi aussi je me suis crue longtemps plus forte et j'en viens là.

HORACE

Excusez-moi de ne pas être très galant. La charité c'est de votre âge. Les vieilles dames de votre rang ont des pauvres, comme elles ont des demoiselles de compagnie et des petits chiens. Je haïrais d'avoir des pauvres! D'abord, je trouve cela extravagant, de se conserver des misérables personnels comme des grenouilles d'expérience dans des bocaux. Si on s'intéresse à des pauvres, avec la fortune que vous avez, on les rend riches et on n'en parle plus.

Mme DESMERMORTES

Ne fais pas la bête. Tu sais bien que ce n'est pas de cette charité-là que je veux parler. J'ai eu des pauvres bien entendu, toute ma vie, comme j'ai eu des chevaux et des faces-à-main. On vit avec sa classe qu'on le veuille ou non, et, pour le courant, on fait comme les autres ou cela serait trop compliqué.

HORACE

Et vous regrettez de ne pas en avoir fait vivoter davantage sur vos vieux jours?

Mme DESMERMORTES

Certes non. Je pense en avoir encouragé bien assez dans cette triste carrière. Et ils baisaient le bas de ma robe au lieu de m'étrangler, quand j'arrivais dans leurs taudis avec mon kilo de bœuf et mes perles! Il faut avouer qu'ils n'ont pas beaucoup de classe, eux non plus. Ils me disaient invariablement que le bon Dieu me rendrait tout. Rassure-toi, si nous pouvons compter sur les religions à vie future, j'ai ma provision de pot-au-feu et de vieux lainages assurée pour mon éternité.

HORACE

Ce qui prouve que les riches n'y ont jamais trop cru au coup de la restitution céleste, c'est qu'ils ne donnent toujours aux pauvres que des pièces de dix sous et des ragoûts de bas morceaux. S'ils étaient certains du système, croyez bien qu'ils leur feraient de solides rentes et qu'ils leur combineraient des petits menus soignés tout à fait comme pour eux.

Mme DESMERMORTES

Bien sûr, mon petit, mais que veux-tu? C'est comme à ces tombolas où il y a trop de numéros et où on prend seulement une petite chance, sans trop y croire, pour ne pas désobliger les organisateurs...

HORACE, *soudain*.

Qu'est-ce que vous croyez qu'elle va faire?

Mme DESMERMORTES

Qui?

HORACE

Diana. Va-t-elle épouser Frédéric tout de même ou disparaître à jamais avec ses petits caprices et ses millions?

Mᵐᵉ DESMERMORTES

Qu'est-ce que cela peut bien te faire?

HORACE

J'aimerais le savoir.

Mᵐᵉ DESMERMORTES

Serais-tu content qu'elle épousât ton frère?

HORACE

Non certes. J'ai fait assez ce soir pour que ce mariage n'ait pas lieu.

Mᵐᵉ DESMERMORTES

Bon petit Frédéric! C'est vrai qu'il aurait été très malheureux avec cette jeune fille! Heureusement que tu veillais au grain. Tu es vraiment pour lui d'une sollicitude maternelle. Tu vois que tu as tes pauvres, toi aussi.

HORACE, *avec humeur.*

Oh! ce n'est pas seulement pour Frédéric. J'ai horreur des choses ratées. C'est physique. Et cette union-là l'était assurément.

Mᵐᵉ DESMERMORTES

Tu es un philanthrope, te dis-je!

HORACE

Non. J'ai un peu de bon sens, j'en use, voilà tout, et j'essaie d'en faire profiter les autres, par surcroît. Cette

Diana ne manque d'ailleurs pas de qualités. Sa race lui
a donné quelque chose de plus qu'aux filles riches de
chez nous. Elle est dure, elle est fantasque, mais son
égoïsme même est amusant. Je ne suis ni bon, ni tendre,
ni fidèle. Je ne m'en vais pas bêler pour trouver les
qualités que je n'ai pas, chez les autres. J'aime assez les
pouliches rétives au haras, même lorsqu'elles me fichent
par terre. J'ai seulement pensé, dès que je l'ai vue,
qu'il lui fallait un autre cavalier que le pauvre petit
Frédéric.

Mme DESMERMORTES

Pourquoi l'a-t-elle choisi?

HORACE

Est-ce que je sais, ma tante? Pour s'amuser à le dévo-
rer sans doute.

Mme DESMERMORTES

Et si elle l'avait fait par dépit?

HORACE

C'est son affaire.

Mme DESMERMORTES

Et si c'était aussi la tienne, Horace?

HORACE

Que voulez-vous dire?

Mme DESMERMORTES

Que je ne suis plus qu'une vieille bête définitivement
myope, mon tout bon, ou que tu es amoureux d'elle
comme elle de toi depuis le premier jour.

HORACE

C'est grotesque! Et même si c'était vrai, je préfére-
rais périr de jaunisse, comme votre ami Palestrini, dont
vous parliez tout à l'heure, que de lui faire le plaisir
de lui avouer cela!

Mme DESMERMORTES

On ne périt pas de jaunisse. Je disais cela à cette
vieille toquée dans le feu de l'action, pour faire bien.
Palestrini se porte comme toi et moi. J'ai seulement
appris qu'il s'était jeté dans la lagune l'année dernière
pour une jeune fille qu'il aimait. C'était une jeune
Allemande, une championne de natation, elle se l'est
repêché elle-même et ils ont déjà un enfant.

HORACE *crie soudain :*

Diable! La lagune! Vous ne voyez pas une forme
blanche là-bas au bord du grand bassin?

Mme DESMERMORTES

Je suis myope comme une sauterelle, mon petit,
mais cours tout de même, tu me fais peur.

Horace sort en courant, Capulat entre en trombe.

CAPULAT

Ah! Madame! On cherche Isabelle partout. Sa mère
est folle! On craint pour elle!

Mme DESMERMORTES

Pourquoi?

CAPULAT

Elle a laissé sa petite bague, sa seule chose de valeur pliée dans un papier avec un peu d'argent sur la commode de sa chambre. Ah! Madame; nous sommes tous coupables! Monsieur Horace ne l'aimait pas!

Mme DESMERMORTES

Capulat, vous pleurerez tout à l'heure! Regardez du côté du grand bassin, je n'y vois rien. Apercevez-vous une forme blanche?

CAPULAT

Ciel! C'est elle! Ah! malheureuse jeune fille! Elle suit le bord comme Ophélie! Elle se penche! Elle saute! Au secours! Elle va mourir!

Mme DESMERMORTES

Non, Horace est là-bas et il n'y a pas assez d'eau. Mais elle pourrait bien prendre froid et lui aussi. Courez leur chercher des couvertures.

CAPULAT

Monsieur Horace l'a vue, il plonge. Noble jeune homme! Il la ramène!...

Elle déclame soudain.

Tirée des sombres bords, comme Eurydice même,
Elle lui devait l'ombre, elle lui doit le jour...
Ah! si de tout cela pouvait naître l'amour!

Mme DESMERMORTES *lui crie hors d'elle.*

Vous parlerez en vers tout à l'heure, vieille folle!
Allez donc chercher de quoi les couvrir. (*Capulat sort
en courant. Mme Desmermortes appelle.*) Josué! Josué!
Quelqu'un! Vite!

JOSUÉ *paraît*

Madame?

Mme DESMERMORTES

Il se passe un drame ce soir, mon pauvre, une noyade.
Faites faire du punch très fort à la cuisine et aupara-
vant roulez-moi vers le grand bassin.

> *Josué commence à la rouler. Entrent Horace
> et Isabelle enveloppés de couvertures et suivis de
> Capulat déclamant.*

CAPULAT

Les voilà revenus de leur sombre baptême,
Le flot noir et glacé va les rendre à l'amour.
Enfant tu te taisais et peut-être qu'il t'aime!

Mme DESMERMORTES *lui crie, exaspérée.*

Capulat! Capulat! Ne rimez pas toujours!

CAPULAT, *mise hors d'elle par tant de romanesque.*

Hélas! je ne peux plus, je ne peux plus Madame.
Tous ces événements ont bouleversé mon âme,
Et c'est plus fort que moi, elle s'exprime en vers!

Mme DESMERMORTES, *lui montrant la porte.*

Alors sortez les faire hors du jardin d'hiver! *(Capulat sort, déclamant en silence. Mme Desmermortes, à Josué.)* Et vous, vite ce que je vous ai demandé! *(Josué sort, à Isabelle.)* Avez-vous froid mon enfant?

ISABELLE

Non, Madame, merci, je suis bien.

Mme DESMERMORTES

Josué va vous rapporter du punch. As-tu froid, toi?

HORACE

J'étouffe sous ce couvre-pieds!

Mme DESMERMORTES

Alors, profitons de ce que nous sommes seuls pour une minute. Restez ainsi. Nous avons des choses importantes à nous dire tous les trois. Asseyez-vous.

HORACE, *s'asseyant.*

Nous avons l'air d'une conférence de chefs peaux-rouges!

Mme DESMERMORTES

Et je vais vous proposer le calumet de la paix!

HORACE

C'est une idée. Vous n'avez pas une cigarette sèche?

Mme DESMERMORTES

Tu fumeras tout à l'heure, tais-toi. Tu as assez dit de bêtises ce soir. Regardez-moi, mon enfant. *(Isabelle la regarde.)* Cela a de bons yeux et c'est encore plus jolie dépeignée. Pourquoi vous peignez-vous d'habitude?

ISABELLE

Cela se fait.

Mme DESMERMORTES

Et de se jeter à l'eau au premier chagrin d'amour, cela se fait aussi? Je parie que vous savez nager?

ISABELLE

Oui.

Mme DESMERMORTES

Vous voyez comme vous êtes absurde!

HORACE

C'est moi qui lui avais demandé de se jeter dans le bassin par amour pour Frédéric. Mais bien entendu, je l'avais décommandée tout à l'heure. Je ne sais pas ce qui lui a pris.

Mme DESMERMORTES

Pourquoi vouliez-vous vous noyer?

ISABELLE

Pour mon compte.

HORACE

Ce n'était pas dans nos conventions, Mademoiselle!
Vous deviez faire ce que je vous disais!

ISABELLE

Ma journée était finie. Vous m'aviez envoyé votre
domestique pour me régler mon salaire. En dehors de
mes heures de travail j'étais bien libre de me tuer
pour moi, peut-être?

Mᵐᵉ DESMERMORTES

Elle a raison! D'autant plus que c'est bientôt le
matin. Nous sommes dimanche. Si l'ouvrier ne peut
même plus se tuer pour soi le dimanche, il faut faire
la révolution tout de suite! Soyons sérieux. Regardez-
moi encore mon petit! Elle a des yeux ravissants. Une
biche aux abois. Un Greuze. Tu sais que tu es un imbécile, Horace?

HORACE

Oui, ma tante.

Mᵐᵉ DESMERMORTES

Il ne vous aime pas, mon enfant. Il ne vous aimera
jamais. Il n'aimera jamais personne d'ailleurs si cela
peut vous consoler. Amoureux peut-être comme un chat
d'une souris, de temps en temps. Mais vous n'êtes
même pas son type de souris, il vous croquerait trop
vite, cela ne l'amuserait pas. Et je vais vous dire une
bonne chose, il n'est pas votre genre de chat non plus.
Vous croyez l'aimer, vous ne l'aimez pas. Regardez-le.

ISABELLE

Non.

Mᵐᵉ DESMERMORTES

Faites-moi confiance, regardez-le, ce Peau-Rouge. Un
Peau-Rouge vexé d'abord, n'est-ce pas risible? Vous
pouvez le regarder, vous ne risquez plus rien. *(Isabelle
regarde Horace.)* Et pas avec ce regard perdu là. Il
n'en vaut pas la peine, l'animal. Soyez très impartiale.
Vous le trouvez si beau? C'est un assez joli portrait
de jeune homme, certes, quand il ne pense à rien. On
se laisserait prendre à ces yeux clairs, à ce nez pur, à
cette bouche. Mais que la moindre de ses vilaines
petites pensées se coule dedans — tenez, en ce moment
nous l'agaçons, il a envie de nous étrangler — et voilà
que l'image se déforme. Regardez bien. C'est impercep-
tible mais c'est effrayant. Le nez se pince, un petit pli
rageur tire la bouche, les yeux se mettent en vrille, et
ce menton! Est-ce qu'on ne dirait pas tout à coup une
très jolie vieille dame méchante? On n'est jamais si
beau que cela, Mademoiselle, quand on n'est pas très
humain en même temps. Ce n'est pas tout d'avoir de
jolis yeux, il faut qu'une petite lampe s'allume derrière.
C'est cette petite lueur qui fait la vraie beauté.

HORACE *se lève furieux.*

En voilà assez maintenant! Si vous voulez jouer aux
portraits, je vais vous envoyer Frédéric!

Mᵐᵉ DESMERMORTES

C'est une très bonne idée! *(Horace sort.)* Avec eux,
ce qui est commode c'est qu'on a toujours l'autre sous

la main. Ce n'est pas Horace que vous aimez, Mademoiselle, c'est son image. Et si vous êtes malheureuse ce
soir, si vous avez voulu vous jeter tout habillée dans
mes pièces d'eau, c'est parce que vous avez confusément
senti qu'il n'y avait rien pour vous derrière cette
image-là!

ISABELLE *se cache la tête pour pleurer.*

Oh! C'est terrible!

Mme DESMERMORTES

Cela serait terrible, mon enfant, si l'exemplaire était
unique, mais, heureusement, nous en avons deux. *(A
Frédéric qui entre.)* Approche, mon garçon et assois-
toi à la place de ton frère. Vous pouvez le regarder,
Isabelle. C'est le même. Voilà une jeune fille qui vient
de se jeter dans le grand bassin et on ne peut pas lui
faire dire pourquoi.

FRÉDÉRIC

Moi je sais pourquoi. Mademoiselle, je ne peux rien
sans doute pour votre peine. J'ai été lâche une dernière
fois tout à l'heure. J'ai suivi Diana comme elle me
l'ordonnait. Mais quand je l'ai eu rejointe je n'ai pas pu
m'empêcher de lui dire que sa conduite envers vous me
faisait horreur. C'est fait maintenant, nos fiançailles
sont rompues.

ISABELLE

Il ne fallait pas. Vous croyez que cela m'enlèvera ma
peine que nous soyons tous malheureux en même temps?

FRÉDÉRIC

Je ne sais pas, mais, ce que je sais, c'est que je ne peux pas aimer un être capable de quelque chose de laid.

Mme DESMERMORTES

Elle non plus, figure-toi. Elle vient de s'apercevoir qu'elle ne pouvait pas aimer Horace.

FRÉDÉRIC

Ma vie est finie maintenant. J'ai vu le fond du cœur des jeunes filles.

ISABELLE *sourit doucement.*

Cette boue, ces rochers, ces fleurs mortes, comme dit votre frère...

FRÉDÉRIC

Triste plongée!

Mme DESMERMORTES

Retire ton scaphandre maintenant. Viens respirer un peu d'air frais sur cette terre. Il y en a encore tu sais, par endroits.

FRÉDÉRIC

Je vais me retirer dans un désert pour y rêver à ce que je croyais être l'amour.

Mme DESMERMORTES

Mademoiselle aussi. Tâchez que vos déserts ne soient

pas trop éloignés l'un de l'autre. Vous vous ferez des petites visites, entre ermites.

FRÉDÉRIC

Parce que j'aurais pu lui pardonner d'être méchante...

ISABELLE

Je l'avais compris au premier moment, qu'il l'était, et je lui avais bien pardonné, moi...

FRÉDÉRIC

J'aurais pu lui pardonner d'être dure, égoïste, violente...

ISABELLE

Moi aussi...

Mme DESMERMORTES

La seule chose que vous ne pouviez pas leur pardonner, en somme, c'était de ne pas vous aimer. On n'aime que son amour, mes enfants et on court toute sa vie après cette fuyante petite image de soi. La folie c'est de vouloir absolument que tous les gens qu'on rencontre l'endossent et de crier au meurtre parce qu'elle ne leur va pas. Nous sommes des tailleurs insupportables. Le vêtement est tout coupé, nous ne voulons pas lui faire de retouches — alors nous essayons de tailler dans le client. Et s'il ne se laisse pas faire, nous crions au secours.

FRÉDÉRIC

Et personne ne vient!

Mme DESMERMORTES

Parce que non contents d'être aveugles, nous sommes
sourds. Nous braillons les uns à côté des autres sans
nous entendre et sans nous voir, et nous disons : c'est
le désert! Heureusement qu'il existe quelques vieilles
femmes qui ont renoncé à cette folie pour leur compte
et qui commencent à y voir clair, à l'âge, hélas, où l'on
met des lunettes. Vous n'avez rien entendu, Mademoiselle? Ce jeune homme a crié au secours.

ISABELLE

Que puis-je pour lui?

Mme DESMERMORTES

Faire un tour de parc avec lui en lui disant pourquoi vous êtes si malheureuse. Il vous dira de son côté
pourquoi il va peut-être mourir. Allez mes enfants, soyez
bien tristes, donnez-vous le bras. Vous êtes vraiment seuls
au monde. Il n'y a pas plus désespérés que vous.

FRÉDÉRIC, *sortant avec Isabelle.*

J'ai été un fou, Mademoiselle. J'ai cru qu'il pouvait
exister une femme tendre et sincère.

ISABELLE

Il n'y en a pas, Monsieur! J'ai cru qu'on pouvait être
grave et bon, qu'on pouvait être fidèle...

FRÉDÉRIC *ricane.*

Fidèle! On est fidèle à soi-même et c'est tout. On
danse le pas de l'amour obstinément devant sa glace.
Moi j'aurais voulu tout donner, Mademoiselle.

ISABELLE

Tout donner, c'est facile à dire, Monsieur! mais c'est qu'ils ne veulent rien recevoir...

Ils sont sortis. Mme Desmermortes les regarde s'en aller et constate.

Mme DESMERMORTES

Bon. Pour ces deux-là c'est fait dans cinq minutes. Aux autres maintenant.

Elle appelle.

Horace!

HORACE *entre.*

Ma tante?

Mme DESMERMORTES

L'affaire est dans le sac. Que décides-tu de ton côté?

HORACE

Que voulez-vous que je décide? Je ne peux pourtant pas aller trouver cette jeune fille sur son monceau d'or. Tout le monde croirait que c'est du père que je suis amoureux.

Mme DESMERMORTES

Allons! Voilà du nouveau! Nous n'en finirons jamais. Il le faudrait pourtant. Cette petite comédie commence à se faire longue.

HORACE

Que voulez-vous que j'y fasse? Je ne peux pas me couvrir de ridicule pour la faire finir plus tôt. A propos, je vous ai laissé dire tout à l'heure, mais tout de même, c'est vrai que j'ai l'air d'une jolie vieille dame méchante?

Entre Patrice Bombelles.

PATRICE BOMBELLES, *allant à Horace.*

Ah! vous voilà, Monsieur, je vous cherchais.

Mme DESMERMORTES

Que veut cet énergumène?

PATRICE BOMBELLES

Monsieur, puisque vous n'acceptez pas de renoncer de plein gré à cette jeune fille...

Il le gifle.

HORACE, *le giflant aussi.*

Mais non, Monsieur, mais non! Vous n'y êtes plus du tout. Savez-vous que je vais finir par vous battre pour tout de bon si vous continuez à être insupportable? Moi aussi je sais sauter sur les gens.

PATRICE BOMBELLES

Mais enfin, Monsieur, sacrebleu!

HORACE

Comment sacrebleu? Des insultes?

Il lui saute dessus.

LADY INDIA *entre affolée, criant.*

Patrice!

PATRICE BOMBELLES

Attention! La voilà! Ayons l'air très amis. *(Il prend Horace par l'épaule.)* Nous plaisantons, ma chère! Nous adorons plaisanter tous les deux! Un peu d'exercice à l'aube c'est excellent!

LADY INDIA

Ce n'est pas le moment de plaisanter, Patrice! Vous savez ce qu'il se passe? On me téléphone de Paris. Romuald a donné des ordres insensés. Il vend à Londres, il vend à New York, il vend à Vienne. Dans quelques heures il vendra à Paris. Il se ruine!

PATRICE BOMBELLES

Cela m'étonnerait bien de lui. Je vais téléphoner à son agent de change.

Il sort.

DIANA *entre.*

Vous avez appris la nouvelle? Dans six heures, mon père sera ruiné.

HORACE

Non.

DIANA

Si.

HORACE

Qu'est-ce que vous allez faire?

DIANA

Etre pauvre. Que voulez-vous que je fasse d'autre maintenant? Je suis venue vous le dire tout de suite, parce que j'ai pensé que cela vous ferait plaisir de me voir enfin humiliée!

HORACE

Cela me ferait beaucoup de plaisir sans doute, mais malheureusement cela ne sera pas. Frédéric est riche et il vous épouse.

DIANA

Je ne veux pas de lui. Et d'ailleurs il ne veut plus de moi. Regardez-le votre tendre Frédéric, là-bas, dans le parc avec cette petite aventurière. Elle n'a pas perdu son temps celle-là, ce soir! C'est vous qui lui avez appris comment trouver un mari riche en une nuit, Horace? Il faudra m'apprendre, je vais en avoir besoin, maintenant, moi aussi.

HORACE

Rassurez-vous, cette science vous sera inutile, ma chère.

Il va sortir. Mme Desmermortes lui crie.

Mme DESMERMORTES

Horace, que fais-tu?

HORACE

Je vais chercher mon frère. Il ne peut plus être question pour lui de rompre ses fiançailles. Maintenant que Diana est ruinée, l'honneur lui commande d'en faire sa femme.

DIANA *crie, éplorée.*

Mais je ne veux pas de lui!

HORACE

Tant pis!

Il sort.

Mme DESMERMORTES

Allons bon! Il va tout embrouiller encore!

Capulat et la mère entrent habillées comme pour un départ avec des petites valises[1].

---

1. A la représentation à Paris, cette scène a été modifiée pour ne pas rompre le rythme rapide de l'acte. Il est prudent d'adopter cette version pour la représentation. Capulat et la mère entrent simplement en criant : CAPULAT : « Madame! une nouvelle, une grande nouvelle. » LA MÈRE : « Elle est casée! » Alors entre Romainville avec son bouquet. Capulat et la mère tombent dans les bras l'une de l'autre chaque fois qu'elles croient Isabelle pourvue d'un mari. Quand tout le monde sort pour aller voir le feu d'artifice, elles s'avancent au public et disent seulement les quatre premiers vers, sur une petite ritournelle, s'en allant à reculons, mutines, en envoyant des baisers d'adieu.

CAPULAT
Quant à nous, nous partons! toutes les deux brisées,
Nous renonçons au monde et chaussons nos sabots!

LA MÈRE
Adieu la vie de luxe aux heures irisées!
Nous rentrons à Maubeuge enseigner le piano!

CAPULAT

Quant à nous, nous partons! toutes les deux brisées,
Nous renonçons au monde et chaussons nos sabots!
Adieu la vie de luxe aux heures irisées!
Nous rentrons à Maubeuge enseigner le piano!

LA MÈRE

Vous direz de ma part à la chère gamine,
Que je renonce à tous mes espoirs insensés!
Pauvre, mais honorée, auprès de Géraldine
Je vivrai dans le souvenir des jours passés!
Je la poussais au luxe et la poussais au vice,
Pour elle je rêvais ce que je n'ai pas eu!
Je ne la pousse plus! Qu'elle file droit puisqu'
Elle a décidément du goût pour la vertu!

> *Elles reculent gracieusement enlacées, mêlant leurs anglaises.*

CAPULAT

Adieu! Ne bougez pas! Nos deux ombres s'effacent!
Ne nous en veuillez pas d'avoir trop cru l'amour!
Nous fuyons! Oubliez nos désuètes grâces...
Cette nuit devait bien finir! Voici le jour...

> *Elles disparaissent et en effet le jour se lève. Musique de marche nuptiale à l'orchestre. Entre Romainville en jaquette et gants blancs avec un bouquet. Il va à Mme Desmermortes.*

ROMAINVILLE

Ma chère amie. Veuillez d'abord excuser ce costume, mais voyant poindre le matin, j'ai quitté mon habit et

j'ai passé cette jaquette qui m'a paru plus indiquée
pour venir vous annoncer cette bonne nouvelle : ma
nièce n'était pas ma nièce comme votre gredin de
neveu m'avait obligé à vous le faire croire, mais elle
est tout de même de la famille, parce que, tout bien
pesé, je l'épouse!

Mme DESMERMORTES

Mon tout bon, je serais la première à vous féliciter,
mais j'ai l'impression que vous arrivez trop tard.

ROMAINVILLE

Comment, trop tard? Il est cinq heures du matin.

Mme DESMERMORTES, *à Isabelle et Frédéric qui entrent enlacés.*

Hé bien! mes enfants, quelles nouvelles? Avez-vous
retaillé le costume?

ISABELLE

Il allait, Madame! Il allait!

FRÉDÉRIC

Ma tante, comme j'ai pu être fou! Pardon Diana,
mais moi non plus, je ne vous aimais pas.

ISABELLE

Comme j'ai pu être sotte, Madame! C'était lui, bien
sûr, que j'aimais.

Mme DESMERMORTES

Romainville, vous trouverez une autre nièce! Pour celle-là, vous serez son témoin.

ROMAINVILLE *tombe assis.*

C'est effrayant! Je m'étais fait à cette idée.

Mme DESMERMORTES, *à Josué
qui entre portant un plateau.*

Josué, donnez-lui votre punch! *(Romainville boit le punch.)* Mais où est Horace? Qu'on aille me le chercher tout de suite. Il a fait assez souffrir cette jeune personne pour ce soir. *(A Diana.)* Mon enfant, soyez sans crainte, il vous aime, il me l'a dit.

LADY INDIA

Tenez! Il est là-bas dans le parc, il se sauve!

Mme DESMERMORTES

Il se sauve? Josué, rattrapez-le tout de suite et ramenez-le ici! *(Josué sort. A Diana.)* C'est une tête de bois, mais il sait que la pièce est finie, il va bien être obligé de revenir.

DIANA

Et si c'était vrai qu'il ne m'aimait pas?

Mme DESMERMORTES

C'est impossible! Tout doit finir bien, c'est convenu. D'ailleurs le voilà qui arrive. Hé bien, Horace?

*Tout le monde regarde du côté où Horace
doit paraître. C'est Josué qui entre.*

FRÉDÉRIC

J'étais sûr qu'il ne viendrait pas!

JOSUÉ

Monsieur Horace m'a remis ce billet pour vous,
Madame.

Mme DESMERMORTES

Lisez-le-nous à haute voix, mon ami.

JOSUÉ *met ses lunettes et commence à lire.*

« Ma tante, pour des raisons que vous comprendrez
tous, je ne peux pas me joindre à vous au milieu de
l'allégresse générale; je ne l'ai jamais tant regretté.
Mais j'aime Diana puisqu'elle est pauvre. Rien ne nous
sépare plus. Je l'épouse. Qu'elle vienne me retrouver
au fond du parc. »

Mme DESMERMORTES, *à Diana transfigurée.*

Courez vite!

DIANA

Merci, Madame.

Diana sort. Entre Messerschmann avec un petit
pardessus, un petit chapeau et une petite valise.
Petit motif goguenard à l'orchestre.

Mme DESMERMORTES

Mais qui vient là?

MESSERSCHMANN

C'est moi, Madame. Je viens vous faire mes adieux.

Mme DESMERMORTES

Mais cette valise, ce costume?

MESSERSCHMANN

Je les ai empruntés à votre maître d'hôtel. Je n'avais plus rien à me mettre. Je suis ruiné. Je le rembourserai en plusieurs années. Je retourne à Cracovie y ouvrir un petit commerce de tailleur.

LADY INDIA *pousse un cri*
et se jette dans ses bras.

Ah! Mon amour, comme c'est grand! Comme c'est beau! Comme tu m'aimes! Car c'est pour moi n'est-ce pas, c'est pour moi que tu t'es ruiné? Je te suivrai, je te suivrai, pieds nus jusqu'au fond de ta Sibérie!

Elle se déchausse

Mme DESMERMORTES, *aux autres.*

Elle confond tout.

LADY INDIA, *qui a mis aussi son écharpe*
autour de sa tête, à la russe.

Je serai humble maintenant! Tu vois, je cache mes cheveux à la russe. Ah! que je sois punie d'avoir douté de toi! Que Dieu m'abaisse et m'humilie! Je renonce au luxe, je cuirai pour toi, cher, dans ta petite isba, je serai ta squaw, veux-tu?

Mme DESMERMORTES

Elle n'a aucune idée de la géographie, mais ne la détrompons pas. Cela serait trop long.

*Un fracas épouvantable soudain, des éclairs.
des fusées. Tout le monde se retourne. Patrice
Bombelles entre, criant.*

PATRICE BOMBELLES

Ça y est! C'est commencé!

LADY INDIA, *abîmée.*

Qu'est-ce que c'est? Le feu du ciel, déjà?

Mme DESMERMORTES

Non. Nous n'en méritons pas tant, ma chère. Relevez-vous. C'est mon feu d'artifice que tous ces événements ont mis un peu en retard. Venez, mes amis, allons
en contempler le spectacle pour ne pas vexer mon
jardinier. Cela doit être très curieux, en plein jour un
feu d'artifice, on ne doit rien y voir du tout.

*Au moment où tous sortent, Josué rentre et
tire Messerschmann par la manche.*

JOSUÉ

Monsieur, c'est un télégramme.

MESSERSCHMANN, *l'ouvrant.*

Qui peut bien s'intéresser encore à moi au point de
m'envoyer un télégramme? Une lettre aurait suffi! *(Il
lit et soupire.)* Comme c'est drôle...

JOSUÉ, *compatissant.*

C'est fini, Monsieur? Si Monsieur a encore besoin de
quelque chose? Je ne suis pas sans avoir quelques petites
économies...

MESSERSCHMANN

Eh bien, non. On ne se ruine pas comme cela. Ils ont cru à une manœuvre de Bourse. Ils ont tous acheté. Je suis deux fois plus riche!... Mais, je vous en prie, ne le leur dites pas tout de suite...

JOSUÉ

Je suis tout de même content pour Monsieur. Cela m'aurait fait gros cœur de ne pas servir Monsieur ce matin *(Il s'est mis au garde-à-vous pendant que Messerschmann sort, et demande.)* Sans beurre?

MESSERSCHMANN

Oui, mon ami. Mais ce matin, exceptionnellement, vous me mettrez un peu de sel.

JOSUÉ, *le suivant.*

Ah! Cela fait tout de même plaisir, de voir que Monsieur reprend goût à la vie...

Ils sont sortis, le rideau tombe sur une petite musique pas trop triste.

Cet ouvrage
a été achevé d'imprimer par
Firmin-Didot S.A. Paris-Mesnil
le 8 février 1982
Dépôt légal : février 1982
1er dépôt légal dans la collection : juillet 1972.
Imprimé en France (9471)